강릉이 취향이라서요

강릉이
취향이라서요

———

이현정 글 그림

푹스코너

강릉에 산 지 십 년이 훌쩍 지났습니다. 그럼에도 여전히 새로운 매력이 자꾸만 발견되는 강릉은 도무지 제게 질릴 틈을 주지 않습니다.

아무런 연고가 없는 곳인데도, 예전에 살던 곳이 그립다거나 돌아가고 싶다는 마음을 먹어본 적이 한 번도 없는 저 자신을 보면서, 문득 '나는 강릉이 취향인 사람이구나!' 하는 생각이 들었습니다.

이 책은 강릉이 취향이라고 명료하게 말할 수 있을 만큼 이 도시를 참 좋아하는 제가, 대체 강릉의 어떤 점들이 그렇게 매력적인지에 대해 글과 그림으로 기록한 것입니다.

사실 취향을 당당하게 밝히는 것은 상당한 자신감을 필요로 하는 일입니다. 지극히 개인적인 취향이지만, 전부는 아니더라도 최소한 일부에게는 공감을 얻을 수 있지 않을까 하는 생각에서 용기 내 드러내는 것이니까요.

그렇기에 여기 글과 그림으로 표현한 강릉의 제 취향들은 하나같이 다 자랑할 만한 곳들입니다.

나만 알면 좋겠지만, 나만 알기에는 아까운, 제가 즐겨 찾는 식당, 좋아하는 카페들, 다양한 공간들, 그리고 자연에 대한 이야기를 담았습니다.

지극히 제 주관적인 취향에 따른 일상의 장소들이어서 독자분들이 이미 아는 장소일 수도 있고, 낯선 곳일 수도 있습니다. 그래도 한 개인의 취향이기에 어쩌면 조금 더 특별하게 느껴질 수도 있는, 색다른 강릉의 매력을 보여주고 싶었습니다.

책을 쓰면서 제 마음과는 달리 각 공간의 매력을 몇 페이지에 다 담기에는 부족하다는 걸 느꼈습니다. 이 책에서 미처 담아내지 못한 부분들은 독자분들이 직접 가서 경험해본다면 아마도 더 생생하게 마음에 와닿으리라 생각합니다. 직접 그곳에 가서 매력을 발견할 수 있도록 여지를 남겨둔 것으로 이해해주시면 좋겠네요.

취재를 위해 각 공간의 대표님들과 만나 진솔한 이야기들을 들으니 그전보다 훨씬 더 많은 애정을 갖게 되었습니다. 이렇게 가까이에 훌륭한 인생철학을 가지고 멋지게 살아가는 분들이 많다는 걸 알게 된 것이 이 책을 쓰면서 얻게 된 가장 큰 수확이기도 합니다.

무엇보다 느닷없이 불쑥 찾아가더라도 변함없이 저를 반겨주던, 말 한마디 하지 않지만 수만 마디 말보다 더 큰 위로를 건네던 강릉의 자연에게도 다시한 번 고마운 마음을 전합니다.

사람들의 욕심으로 자신의 의지와 상관없이 변해가고 있는 이곳의 자연들이 부디 제가 좋아하는 지금의 모습 그대로 오래도록 만날 수 있기를 바라봅니다.

2021년 문득 여름이 와버린 6월의 강릉에서
이현정

차례

1장   맛과 철학을 겸비한 식당

2장   색다른 분위기의 카페

맛과 철학을 겸비한 식당

두에시스

한 번도 가본 적은 없지만, 오랜 시간 팬심으로 지켜보던 곳이었다. SNS에 올라오는 사진들을 우연히 보게 되었는데, 그 감성이 너무 좋았기 때문이다. 요리하는 사람이라 사진 감각도 남다르다고 생각했다.

쿠킹 클래스 안내나 가끔 월간 식당을 오픈할 때 올라오는 피드들을 보면, 원목의 따스한 색감이 느껴지는 공간에, 언제나 햇살이 내리쬐는 테이블이라든가 로맨틱한 창가 모습, 그리고 예쁜 그릇들과 감각적으로 플레이팅된 음식들 사진이 참 근사하고 예뻐 보였다.

보통의 레스토랑처럼 운영되는 곳이었으면 진작 갔을 텐데, 쿠킹 클래스 위주로 운영되는 곳이어서 선뜻 가보질 못했다. 그러다 작년 6월쯤이었을까? 바질페스토를 판매한다는 피드를 보고는, 신선하고 예쁜 초록의 색감에 반해 구매 예약을 하고 픽업을 위해 처음 방문했다.

늦은 아침을 먹은 뒤 큰아이와 잠시 바질페스토만 사오려고 들른 길이었다. 우리가 점심 첫 손님인 것 같았다. 그냥 나오기가 좀 미안했다. 최대한 자연스럽게 식사하려고 온 것처럼 자리에 앉았다. 그렇게 먹게 된, 이곳의 채끝 스테이크와 파스타. 안 먹었으면 어쩔 뻔했나 싶을 정도로 지금도 잊을 수 없는 감동적인 맛이었다. 뜻밖에 발견한 취향 저격 맛집에, 함께 하지 못한 가족들에 대한 미안함도 금세 잊고 둘이서 정말 맛있게 먹었다. 눈앞의 요리에 대한 끝도 없는 찬사를 쏟아내며 말이다. 느닷없는 외식이 그렇게 만족스럽기는 처음이어서 아직도 큰아이와 가끔 그때 이야기를 하기도 한다.

이탈리안 트라토리아 레스토랑, 두에시스.
이름이 무슨 뜻일까 하는 궁금증은 이곳을 방문하는 순간 금방 풀린다. 이탈리아어로 숫자 2인 due와 sister를 조합해서 만든 조어, duesis.
한눈에 바로 알아보게 되는 일란성 쌍둥이 자매, 박연정 씨와 박연희 셰프가 환한 미소로 손님을 맞이한다.

이곳은 이탈리아에서 요리를 공부한 동생 셰프가 언니와 함께 만들어가고 있는 공간이다.
십오 년 요리 경력의 박연희 셰프는 최근까지도 주한 이탈리아대사관 메인 셰프로 일하고 있었다.
오랜 시간 클래식한 이태리 요리만 하다 보니, 다소 권태감을 느끼게 된 그녀는 돌파구를 찾기 위해 고향인 강릉에서 주말에만 운영하는 쿠킹 클래스를 시작했다. 얼핏 또 다른 일의 시작처럼 보이기도 하지만, 처음에는 취미처럼 재충전의 의미가 큰 일이었다.

강릉에 없던 스타일의 쿠킹 클래스가 뜨거운 반응을 얻었고, 그런 호응에 힘입어 월간 식당 형태로 한 달에 한두 번 예약제로 식당을 운영하게 된 것이 레스토랑의 시작이었다. 한정된 인원만 누릴 수 있는 쿠킹 클래스보다 월간 식당에 대한 반응은 훨씬 더 즉각적이었고 입소문의 속도도 생각보다 빨랐다.

코로나로 쿠킹 클래스 운영이 여의치 않아지면서 원래 계획과는 달리 식당을 오픈하는 날이 더 많아졌다. 그래서 지금은 간간이 쿠킹 클래스를 열기는 하지만, 목, 금, 토, 일요일 점심까지 주 3.5일을 운영하는 레스토랑이 되었다.

박연희 셰프는 혼자서는 엄두도 못 낼 일이었다며 언니의 도움이 레스토랑 운영에 결정적이었다고 했다. 박연정, 박연희 자매 둘 다 대학에서 한국화를 전공했는데, 동생 박연희 셰프는 캐나다 어학연수 시절에 서구의 외식문화에 반해 요리로 방향을 틀었지만, 언니는 한국화로 대학원까지 졸업했다.

요리는 셰프인 동생이 전적으로 맡아 하지만, 레스토랑이 단지 음식만으로 운영되는 곳은 아니었다. 공간의 분위기, 음악, 서비스 등 여러 요소들이 손님에게 만족할 만한 것으로 제공되어야 주인공인 요리도 빛이 나는 법이다.

그러하기에 식당 운영에 대한 방향성과 디테일들은 언니 박연정 씨의 풍부한 경험과 통찰이 큰 역할을 하고 있고, 서로 끊임없이 대화를 나누며 두에시스만의 정체성을 구현해내려고 애쓰는 중이다.

박연정 씨는 이곳에서 베이킹과 어시스트를 담당하며 타고난 센스로 박연희 셰프의 든든한 파트너 역할을 하고 있다. 최근 이곳을 본격적으로 브랜딩하기 위한 굿즈 제작 등의 다양한 시도들도 언니가 주도적으로 이끌어가고 있다.

요리를 하다 보면 분주해서 손님들을 잘 기억하지 못할 때가 많은데, 그런 부분들도 언니 박연정 씨가 완벽하게 보완해주고 있다. 작년에 온 손님도 기억해낼 만큼 그녀는 손님 응대에 탁월한 자질을 가졌다. 심지어 나와 큰아이가 처음 방문했던 때가 생각난다며 어떤 음식을 먹었고, 어떤 자리에 앉았었는지까지도 기억해내서 무척 놀랍기도 했다.

두에시스의 메뉴들은 대부분 다 먹어본 것 같다. 하나같이 다 맛있어서 뭘 주문하더라도 실패할 일이 없는 곳인데, 가장 인상적인 것은 이곳의 시그니처가 된 뇨끼다. 손이 많이 가는 요리이다 보니 재료 소진이 빨라서 금세 솔드 아웃 되는 메뉴이기도 하다.

발음도 어려운 뇨끼라는 요리를 나는 이곳에서 생전 처음 먹어봤다. 처음 먹어본 요리가 이렇게 내 입맛에 딱인 것도 드문 일이었다. 감자로 만든 뇨끼의 그 쫀득하면서도 부드러운 식감과 트러플 오일의 풍미가 느껴지는 크림 베이스의 소스가 너무나 고급스럽고 맛있었다. 이것저것 못 먹는 음식이 많은 편인데, 날 위한 요리인가 싶을 만큼 최적의 요리를 만나서 너무 행복했다. 지금도 나는 두에시스에 오면 무조건 뇨끼를 주문한다.

또 이탈리안 레스토랑인 만큼 해산물이 재료로 많이 사용되는데, 바로 옆에 중앙시장이 있어 재료가 늘 신선하다. 그래서 해산물 스튜나 해물 파스타처럼 해산물이 들어가는 요리는 어떤 걸 먹어도 맛있다. 맛있는 요리의 비결이 신선한 재료에 있다는 불변의 진리를 쉽게 확인할 수 있는 곳이다.

해산물뿐만 아니라 이곳에서 사용되는 바질이나 루꼴라 등의 허브들은 자매의 아버지가 직접 농사지어 수확한 것들이다. 여름이면 수확한 바질을 페스토로 만들어 식당에서도 쓰고, 가끔 판매할 때도 있다.

SNS로 많이 알려지다 보니 주말에는 아무래도 관광객들이 많이 찾고 있고, 주중에는 현지인들이 주로 오는 편이다. 건강하고 신선한 이태리 요리를 맛본 후에 만족스러워서 가족들을 데리고 재방문하는 경우가 많다고 한다. 내가 그랬던 것처럼 말이다. 손님들의 연령대도 점점 높아지고 있다고 하니, 남녀노소 누구나 편하고 맛있게 먹을 수 있는 요리라는 걸 점점 더 많은 사람들이 알아가고 있는 듯하다.

처음엔 이런 메뉴가 과연 강릉에서 통할까 싶어 고민이 많았다고 한다. 서울에서야 흔하게 접할 수 있는 이태리 요리들이지만 강릉에서는 어떻게 받아들여질지 전혀 예측이 되질 않았다.

하지만 막상 뚜껑을 열어보니 사람들의 반응은 예상외로 너무나 좋았다. 늘 먹던 요리가 아닌 새롭고 고급스러운 맛을 찾는 손님들의 니즈가 생각보다 크다는 것을 알게 되었다. 그래서 지금은 원래 생각했던 캐주얼한 레스토랑에서 보다 범위를 넓혀, 좀 더 다양하면서도 클래식한 고급 이태리 요리들을 선보일 계획이라고 한다.

취미생활처럼 소소하게 하고 싶어 시작한 이곳 두에시스가 이제 원래 하던 본업을 그만두고 이곳에만 전적으로 몰입해야 할 만큼 많이 커져버렸다.

시작할 때부터 지금까지 서울과 강릉을 오가며 생활하고 있는 박연희 셰프에게는 사실 버거울 때가 많다. 식당 운영이라는 것 자체가 고될 수밖에 없는데다 서울을 왕복하는 수고로움까지 더해져 생각보다 훨씬 많은 에너지가 소진되고 있단다.

기간 십요 년 동안 요리사로서 해보고 싶은 것들, 누릴 수 있는 것들은 거의 다 해봤다고 하는데 굳이 이 수고로움을 감수하는 이유가 궁금했다.

'희열'이라고 했다. 손님들이 자신이 만든 요리를 맛있게 먹는 모습을 볼 때의 희열감. 자신의 요리가 인정받는 것을 눈앞에서 보면서 자신도 인정을 받는 듯한 그 희열감이 이 일을 지속하게 되는 동기라는 그녀. 요리사가 천직이라는 생각이 들었다.

본격적인 레스토랑 영업을 시작한 지 이제 이 년 차가 다 되어가니 조금은 여유가 생겼다고 했다. 전에는 미처 시선이 닿지 않던 것들이 보이기 시작해 조금씩 디테일에도 더 신경 쓰게 되고, 이곳을 찾는 이들이 음식 외의 것들로도 만족할 수 있도록 다양한 시도와 노력들을 덧입히고 있는 중이란다.

누군가에게 한 끼의 외식은 단순히 맛있는 음식을 먹는 것만을 의미하지 않는다고 생각한다는 자매. 맛있는 요리는 기본이고, 요리 이외의 부분들도 모두 만족스러워서 이곳에서 보낸 시간 전체가 하나의 좋은 추억으로 만들어지기를 바라고 있다.

그래서인지 이곳에 오면 모든 것이 편안하다. 왠지 거리감이 느껴지는 도도하고 차가운 고급 레스토랑의 느낌이 아니라, 어딘지 모르게 친근해서 마치 요리 잘하는 지인의 집에 초대받은 것 같은 기분이 든다.

자매의 기대는 이미 실현되고 있는 중이다.

매일 갈 수 없어 아쉬워하는 이들이 많은 곳이긴 하지만, 지금의 수고로움을 알기에 설령 운영일이 더 줄어든다 해도 그 사정을 충분히 이해할 것 같다.

그저 바라는 것이라면 변함없이 오래도록 나의 최애 메뉴 뇨끼와 함께 이곳의 멋진 요리들을 맛볼 수 있는 것, 그거면 충분하다.

박연정, 박연희 자매의 싱그러운 미소와 함께 말이다.

미트컬쳐

안목해변 카페 거리 뒤쪽, 바다는 한 뼘도 보이지 않는 곳에 위치한 미트컬쳐.

감각적인 이곳의 네온 간판은 낮에는 아쉽게도 잘 보이지 않고, 이곳의 2층에 있는 펜션 이름인 '솔향기'라는 큰 글씨가 먼저 눈에 들어온다.

하지만 이곳의 탁월한 요리들을 먹고 나면 그런 하드웨어의 아쉬움은 아무것도 아닌 게 되어버린다. 진짜 맛집은 나만 알고 싶은 게 사람 마음이다 보니 심지어 눈에 잘 띄지 않아서 다행이라는 생각까지도 든다.

오픈하고 얼마 되지 않았을 무렵인 것 같다. SNS에서 인생 스테이크 맛집이라며 격찬으로 가득한 지인들의 피드들이 자주 보이기 시작했다. 마케팅 업체가 쓴 글과 진짜 먹어보고 대만족한 이들이 쓴 글은 느낌부터 다른 법이다. 행간에도 감정이 실려 있으니까. 사진 몇 장과 문장 몇 개만으로도 충분했다. 여기는 진짜구나 싶었다.

기대 가득했던 이곳에서의 첫 식사. 사진으로 많이 접해봐서 마치 먹어본 것처럼 익숙한 요리들을 실제로 보니 더 특별하게 느껴졌다. 어느 것 하나 기대를 저버린 것이 없었다. 그 유명한 스테이크 살팀보카를 비롯해서 피시앤칩스, 스웨디시 미트볼, 리조또 등등 이것저것 많이도 주문했고, 하나도 남김없이 게 눈 감추듯 싹 다 먹어 치웠다. 그리고 그제야 알았다. TV 요리 프로그램의 출연자들이 맛있는 음식을 한입 베어 물었을 때 왜 그렇게 반사적으로 눈이 커지는지, 왜 할 말을 잃는지, 왜 웃음부터 터트리는지.

　그 이후 한동안 외식할 일이 있으면 무조건 이곳에 온 것 같다. 메뉴에는 없지만, 당일 어시장에서 구해온 제철의 신선한 재료로 그날만 선보이는 특별한 요리를 몇 번 경험하고는 더더욱 이곳이 좋아졌다. 생선이 이런 맛이 날 수도 있구나, 를 알게 해준 요리들이었다. 고기보다는 생선이 취향인 나로서는 날로 먹거나 끓이거나 구워 먹는 늘 반복되던 조리법에서 벗어난 이곳의 다양한 생선 요리가 참 좋았다. 오늘의 요리가 주문 가능한 날엔 무조건 시키는 것이 이곳을 즐기는 가장 현명한 방법이다.

　미트컬처의 오너 셰프 최종원 씨. 손님들에게는 언제나 따뜻한 눈빛으로 친절하게 응대하던 그가 요리할 때면 눈빛이 180도 바뀌면서 셰프로서의 카리스마를 뿜어낸다. 어린 시절부터 꿈꿔왔던 장래희망은 아니었지만, 대학을 진학할 때 같은 출발선상에서 시작할 수 있는 전공을 찾다가 선택한 것이 호텔조리학과였고, 의외로 요리는 그의 적성에 너무나 잘 맞았다.

여행을 좋아하고 유럽을 동경해오던 그는 요리를 시작하면서부터 여행하는 요리사를 꿈꿨다.

언어 문제만 없다면 요리사는 기술과 칼만으로 세계 어디든 가서 일할 수 있는 직업이라고 생각했다. 게다가 학창시절부터 영어를 좋아해서 영어 구사에도 큰 어려움이 없었던 그는 대학을 졸업한 후 국내 호텔뿐 아니라, 미국, 영국, 두바이, 스웨덴을 거치며 최고 수준의 요리를 배워 실력을 쌓았다. 어느 곳에서든 셰프로서의 자질을 인정받았고, 새로운 도전에 대한 두려움보다는 더 좋은 셰프가 되고자 하는 일념으로 거침없이 자신만의 커리어를 쌓아나갔다.

해외 생활의 마지막 선택지였던 스웨덴에서는 미슐랭 1스타를 받은 파인 다이닝 레스토랑에서 근무했다. 그곳에서 그는 지금도 가장 존경하는 요리사로 꼽는 스승이자 오너 셰프를 만났다. 오직 요리만 생각하는, 요리에 미쳐 있다는 표현이 가장 잘 어울리는 사람이라고 했다.

오래전부터 동경해오던 유럽이었고 배울 점이 많은 스승도 있었지만, 스웨덴이라는 타국에서의 삶은 늘 2퍼센트가 부족했다. 의사소통에는 문제가 없었지만, 영어보다는 스웨덴어를 주로 사용하는 그곳에서 현지인과 같은 정서 속에 살기에는 한계가 느껴졌다. 그리고 무엇보다 강릉에 계신 나이 들어가는 부모님에 대한 애틋함도 더해졌다. 결국 이젠 강릉에서 내 요리를 해야겠다는 생각이 들어 귀국하게 되었다는 최종원 셰프.

강릉에 와서 수제맥주로 유명한 버드나무 브루어리의 총괄 셰프로 일하다가 2019년 안목에 처음으로 자신만의 식당을 차렸다. 미트컬쳐라는 이름은 저탄수화물과 고단백질의 식문화를 강릉에서도 만들어가고 싶다는 마음을 담아 지었다. 미트에는 고기뿐만 아니라 생선까지 포함된다.

지금은 메뉴에 파스타도 있고 리조또도 있지만, 초창기에는 거의 단백질 위주의 메뉴들이어서 밥이나 빵을 찾는 손님들의 원성이 종종 있었다고 한다. 그래서 탄수화물은 포기하지 못하는 이들을 위해 지금은 어느 정도 타협한 상태지만 기본적으로는 단백질 위주의 요리를 추구하고 있다.

최종원 셰프의 요리는 현지화된 양식 요리다. 본토에서 배운 요리들을 현지의 재료들로 재해석해서 구현해내는 요리들이다. 대표적인 것이 '골뱅이 에스까르고'인데, 프랑스의 달팽이 에스까르고를 강릉에서 쉽게 구할 수 있는 골뱅이로 대체해서 만들었다. 구하기 어렵고 재료의 품질도 장담할 수 없는 달팽이보다는 현지에서 구할 수 있는 신선한 골뱅이로 만든 에스까르고. 이 요리는 차선책이 아닌 최선이라 생각될 만큼 손님들의 반응이 폭발적이었다. 나도 소스 한 방울 남기지 않고 싹싹 다 빵으로 발라 먹을 만큼 좋아하는 요리다.

그렇게 하나하나 현지의 재료로 원재료를 대체해나가는 것은 발품이 많이 들어가는 수고로운 일이다. 그럼에도 요리 자체가 주는 매력과 조리 방식에 따라 변화무쌍하게 달라지는 재료들의 매력에 빠져 틈날 때마다 다양한 재료들을 찾아 나선다. 좋은 생선을 구하기 위해 강릉의 위쪽으로는 동산항까지 아래쪽으로는 묵호항까지도 간다고 했다. 농작물도 품질 좋은 신선한 재료를 찾기 위해 농장과 직접 거래하는 경우가 많단다.

셰프로서의 탄탄한 기본기와 더불어 성실함이 뒷받침된 부지런한 열정은 고스란히 그의 요리에 녹아들어 언제나 최상의 재료로 완벽한 맛을 구현하며 손님들을 만족시킨다.

오픈 초기에는 다소 부침을 느끼기도 했다는 그이지만, 이제는 그의 요리를 맛보기 위해 일부러 멀리서 찾아오는 이들도 많다. 외지 손님들이 많은 편이고, 한번 오면 단골이 되는 경우가 대부분이다. 코로나 시국에 해외로 나가지 못한 사람들이 유럽 현지의 맛이 그리울 때 이곳의 요리들을 맛보며 섭섭함을 달래려고 오기도 한다고. 이제 주말에는 예약을 하지 않으면 식사가 어려울 만큼 유명한 곳이 되어서, 먹고 싶어도 못 먹는 곳이 될까 봐 살짝 걱정되기도 한다.

처음엔 아르바이트생 한 명과 손님을 기다리는 시간이 더 많던 이곳이 이젠 직원 네 명에 아르바이트생도 써야 할 만큼 바빠졌다. 다양한 매체들에도 여러 번 소개되면서 더욱 입소문을 타고 있는 곳이다.

미트컬쳐의 시그니처 메뉴는 따로 없다. 모든 메뉴의 시그니처화가 이곳의 전략이다. 그러고 보니 이곳의 모든 요리가 시그니처라 해도 될 만큼 존재감이 뚜렷하다.

앞으로 그는 동해안 현지의 식재료들을 활용한 상품을 개발해서 사업의 영역을 좀 더 확장해나가고 싶다고 한다. 오랜 해외 경험을 바탕으로 한 노하우가 가득 담긴 제품들도 기대가 된다.

이곳에서의 첫 식사 후 가족들과 함께 집에 돌아오며 이런 얘기를 했었다. 이제 강릉엔 미트컬쳐도 있으니 더 이상 아쉬울 게 없다고. 아무도 이의를 제기하지 않았고, 그 말은 여전히 유효하다.

이미도 우리 가족뿐만 아니라, 강릉에 살면서 이곳에 와본 또 다른 이들도 그러할 것이다. 그리고 강릉에 놀러 왔다가 이곳에서의 한 끼로 그 여행이 더 풍성해진 이들도 많을 것이다.

많은 이들의 삶의 한순간을 빛나게 하고 풍성하게 했던 그의 요리들.
앞으로도 변함없이 오래오래 이곳을 다녀가는 많은 사람들을 행복하게 해주었으면 좋겠다.

브루누벨153

익숙한 것을 편안해하는 만큼이나 낯선 것에 대한 시도도 즐기는 편이다. 그래서 실망할 일 없는, 이미 여러 번 검증된 식당도 좋아하지만, 새로 생긴 식당에 가보는 것도 좋아한다.

리뷰만 믿고 갔다가 낭패 본 경험이 여러 번이긴 하지만 지난 실패에 대한 빠른 망각 덕분에 또다시 리뷰를 의지해서 찾아가는 신상 맛집 투어는 일상의 작은 모험이고 소소한 즐거움이다.

브루누벨153. 가장 최근에 시도했던 신상 맛집 투어 중 만난 곳이다. 결과는 매우 성공적이었다.

집 근처에 있는 작은 골목길, 새로 지어진 건물 1층 상가가 꽤 오랜 시간 비어 있어서 뭐가 들어올지 늘 궁금했었는데, 어느 날 집으로 오는 길에 직원분이 가게 주변을 청소하는 모습을 봤다. 그제야 이곳에 레스토랑이 들어온 걸

알았다. 바로 검색해보니 파인다이닝 레스토랑이었다. 게다가 저녁 시간에만 예약제로 운영하는 곳이었다. 뭔가 근사한 요리를 먹을 수 있을 것 같은 느낌이 들었다.

브런치를 뜻하는 bru와 누벨 퀴진의 nouvelle을 합쳐 브루누벨(brunouvelle)이라 이름을 지었다. 이곳의 오너 셰프인 이용수 씨가 하려는 요리의 방향성이 상호에 담겨 있다. 뒤에 붙은 153은 그가 좋아하는 성경 구절에 나오는 숫자를 인용했다고.

어린 시절 캐나다로 이민을 간 이용수 셰프는 호텔에서 오랜 시간 셰프로 일하다 몇 년 전 어머니가 계신 한국으로 돌아왔다. 연로하신 어머니를 자주 뵙지 못하는 것이 마음에 걸렸다고 한다.

오랫동안 살아온 익숙한 삶의 터전을 떠난다는 건 쉽지 않은 일이다. 전에 누리던 환경이 지금보다 좋다면 더 그렇지 않을까. 그래서인지 강릉으로 이주한 이들에게 떠나온 곳과 지금의 강릉, 어디가 더 좋으냐고 물어보면 즉각적으로 강릉이 좋다고 하는 경우가 대부분인데, 이용수 셰프는 아직은 자신 없는 표정을 지었다. 그도 그럴 것이 캐나다는 그가 삶의 대부분을 보낸 곳 아니던가. 그래서인지 강릉에서 좀 더 자리를 잡게 되면 나중에는 캐나다와 강릉을 오가며 살고 싶다는 바람을 내비쳤다.

귀국한 뒤 서울에서 셰프 생활을 삼 년 정도 하다 낯선 한국에 어느 정도 적응되자 어머니가 계신 강릉으로 왔다. 그리고 올봄에 브루누벨153을 오픈했다.

처음에는 저녁에만 운영하다가 이제 점심도 운영 중이다. 3만 원대의 세미 코스와 세트 메뉴, 그리고 5만 원대의 코스 요리가 있다.

아뮤즈 부쉬로 시작되는 이곳의 일곱 가지 정식 코스 요리는 첫 음식부터 먹기가 아까울 만큼 예쁘고 정성이 가득하다.

이용수 셰프는 레스토랑의 현 상황에 맞춰 복잡하거나 디테일한 요리보다는 요리의 단계를 최대한 줄이고 단순하게 조리해서 내놓는 방법을 선택했다. 재료만 미리 준비해두고 조리는 손님이 먹는 타이밍에 맞춰서 해 최상의 맛을 낼 수 있도록 코스를 구성했다. 그래서인지 코스의 하나하나가 다 메인처럼 느껴질 만큼 탁월하다.

단순한 조리 방식에 플레이팅도 기본적으로 한다고 겸손히 말하지만, 심플하다 해도 정성을 들인 티가 나고 세련된 감각이 물씬 풍긴다.

식사가 시작되면 이용수 셰프나 혹은 직원이 서빙을 하고 나서 요리에 대한 간단한 설명을 해준다. 호불호가 있을 수도 있겠지만, 과하지 않은 범위에서 이렇게 요리에 대한 설명을 듣는 게 나는 좋다.

무슨 요리인지 잘 모르고 먹는 것과 설명을 듣고 제대로 알고 먹는 것은 아무래도 차이가 있는 것 같다. 알고 먹는 요리는 언급된 재료의 맛을 조금이라도 더 잘 느끼기 위해 좀 더 신중하게 음식의 맛을 음미하게 된다. 그러다 보면 원래 맛있지만 한층 더 맛있게 느껴지기도 한다.

세 번째 코스인 수프를 먹는데 포만감이 살짝 느껴질 만큼 코스마다 양이 조금씩 많은 편이었다. 흔히들 양식 코스 요리를 먹고 나면 집에 가서 라면을 끓여 먹어야 한다고 하는 편견 어린 농담을 듣고 싶지 않아서 일부러 양을 늘렸다고 한다.

맛뿐만 아니라 배부르게 잘 먹은 느낌까지 선사하는 이곳의 코스 요리.

feed & care. 요리사로서 그의 모토이다.

먹이고 돌보는 것.

이곳을 찾는 이들에게 최선의 요리를 대접하고 잘 먹을 수 있도록 돌보는 일에서 그는 삶의 보람을 느낀다고 했다.

최선을 다해 정성을 들인 요리를 내놓을 때 자신이 이 세상에 존재하는 이유와 가치를 찾게 된다는 이용수 셰프.

그렇기에 스스로에게 무척이나 엄격해서 손님이 아무리 만족했던 요리라 할지라도 본인이 불만족스럽게 느껴지면 굳이 가서 사과까지 할 정도로 완벽을 추구한다.

좋은 재료를 보다 저렴하게 사서, 보다 더 퀄리티 있는 구성으로 가성비 있게 내놓기 위해 서울로 식재료를 사러 간다는 그는 몸은 조금 고단하지만 지금의 이 시간을 즐기고 있다며, 이런 노력 덕분에 지금의 시간이 후에 더 의미 있게 기억되지 않겠냐고 내게 반문했다.

그는 손님들이 특별한 날에 이곳을 찾으면 더 좋겠다고 했다. 그래야만 특별한 날을 맞이한 손님들이 갖고 있는 저마다의 스토리로 인해 이곳에서의 식사가 더 의미 있게 기억될 것이고, 더 빛날 것 같다고.

식사뿐 아니라, 손님들이 이벤트를 하게 되면 자신이 도울 수 있는 부분은 무엇이든 최선을 다해 해주려고 애쓴다. 애쓴다기보다는 그런 일을 즐긴다. 손님들이 이곳에서의 시간을 더 특별하게 보낼 때 그도 더 큰 보람을 얻는다고 했다.

성실하게 자신의 일에 최선을 다하며 사는 것도 쉬운 일은 아니다. 그런데 자기 일을 사랑하고 가치 있게 여겨서, 힘에 부치도록 그 일을 감당하고 그것을 통해 다른 사람들의 삶의 한순간을 빛나게 하는 사람은 얼마나 대단한지! 자신의 일에 자신의 전부를 담는 사람이 만든 요리를 먹을 수 있다는 것 또한 아무나 누릴 수 있는 행복은 아닌 것 같아서 나도 감사한 마음이 들었다.

그는 줄 서서 먹는 식당을 바라지는 않는다고 했다. 자신이 하고 싶은 요리를 여유롭게 마음껏 해보기 위해 이곳 강릉까지 왔기에 너무 바쁘거나 힘들게 느껴질 만큼 핫플레이스가 되는 걸 꿈꾸지 않는다.

지금처럼 여유롭게 최선을 다해 요리하고, 손님들을 맞이할 수 있는 상황이 행복하다고 했다.

그가 원하는 대로 여유롭게 요리하며 살아가는 일상이 언제까지 유지될지는 모르겠다. 하지만 우려하던 분주한 상황이 오더라도 그것 또한 지혜롭게 잘 헤쳐나가리라 믿는다.

귀한 손님이 오면 아무 걱정 없이 데리고 갈 수 있는 그런 곳.

특별한 날을 더 특별하게 만들어주는 이곳. 손님을 데려간 사람보다 더 마음을 쓰고 따뜻하게 챙겨주는 사장님이 있는 곳. 맛을 넘어서는 감동이 느껴지는 이곳의 요리를 꼭 한번 경험해보시길.

맛과 철학을 겸비한 식당
•

소도리

소울 푸드를 만났다.

엄마가 차려준 듯한 밥상을 만날 수 있는 곳, 소도리.

매일 먹던 엄마 밥상이 스무 살 이후로 가끔씩 집에 갈 때만 주어지는 특별한 이벤트가 되면서, 나 자신이 엄마가 된 지금도 여전히 나는 우리 엄마의 밥상이 그립다.

이곳은 그 그리움을 조금이나마 해소할 수 있는 곳이다. 사실 엄마가 밥상에 올려주시는 국은 소고기뭇국이나 미역국이 대부분이었는데도 이상하게 이곳의 시래기국은 엄마를 떠올리게 한다.

무청의 거친 섬유질 껍질을 정성껏 벗겨내고 끓여 부드럽게 술술 넘어가는 이곳의 시래기국의 맛은 너무나도 내 취향이었다. 정갈하게 나오는 반찬들은 또 어떠한가. 제철 재료들로 손수 다 만드는 이곳의 반찬은 우리 엄마의 스타일과는 차이가 있는데도, 그냥 엄마가 해주는 것처럼 다 맛있었다. 집에서 좀 멀다는 것이 단 하나의 아쉬움이었다.

딱 한 번 포장해서 먹어봤을 뿐인데도 내가 좋아하는 식당을 떠올릴 때 망설임 없이 이곳을 포함시킬 만큼 내게는 참 특별한 식당이었다. 엄마가 해준 밥은 아무리 먹어도 질리지 않는 것처럼 집 근처라면 매일매일 갈 수 있겠다 싶다.

주문진읍 소돌길, 조용한 주택가에 있는 소도리 한식당.
어머니와 아들 부부가 함께 운영하고 있다.
겉보기에는 한식집보다는 카페나 레스토랑 분위기다. 주문진 작은 마을의 골목 안쪽에 자리 잡고 있다 보니 이곳을 목적지로 정하고 와야만 올 수 있는 곳이다. 그래서 이미 오기 전에 이곳에 대한 어느 정도의 애정은 담보한 채 오는 곳이기도 하다.
시래기추어탕, 시래기된장뚝배기, 동치미비빔밥, 고추장불고기. 이렇게 단정하고 단출한 가짓수의 한식이 이곳의 메뉴다.

사장인 김지영 씨와 이승환 씨 모두 주문진과는 아무런 연고도 없는 서울 사람들이다. 이곳의 엄마 밥상 같은 맛의 비결인 이승환 씨의 어머니도 서울에서 왔다.
처음 그들을 봤을 때는 이제 막 결혼한 신혼부부가 아닐까 생각했었는데, 인터뷰를 하다 보니 이미 초등학생 두 명과 7개월 된 늦둥이까지 있는 엄마

아빠였다. 두 사람은 고3 때 만나서 칠 년을 사귄 후 결혼한 동갑내기 친구 사이. 그래서 그런지 결혼한 지 십 년이 훌쩍 지난 부부인데도 신혼부부 같다.

원래 군인이었던 남편의 직업 때문에 잦은 이사와 떨어져 지내야 하는 시간들로 지쳐갈 무렵 남편에게 다른 직업을 권유했다는 아내 김지영 씨. 남편 이승환 씨는 직업군인 시절에 와본 강릉이 좋아서 이곳에 정착해 회사 생활을 육 년 정도 했다. 평범한 앞날이 뻔히 보이는 그 삶이 자신에게 맞는 옷처럼 느껴지지 않았다. 그즈음에 그들 부부는 작은 게스트하우스를 시작했고, 그런 작은 공간을 통해 여러 사람들을 만나고 삶을 나누는 것에 매력을 느꼈다. 새로운 일에 전력을 쏟고 싶어 회사는 그만두었다.

좀 더 넓은 게스트하우스 공간을 알아보다 찾은 데가 지금 이곳이었다.
별장용으로 지어진 오래된 구옥. 사람 손길이 닿지 않은 채 방치된 시간이 길어 폐가가 되다시피 한 상태였다고 한다. 그런 집이 이들의 눈에 쏙 들어왔다. 자세히 보니 너무 예쁜, 보는 순간 반해버리게 된 집이었다고.

이 집으로 정하고 나서 남편 이승환 씨가 철거부터 리모델링까지 혼자 힘으로 다 했다. 수도 하나, 배관 하나, 타일 하나까지도 그의 손을 거치지 않은 것이 없었다.

난생처음 해보는 일이었지만 업자에게 의뢰하기엔 비용 문제도 걸렸고, 무엇보다 오래된 구옥 느낌이 다 사라져버릴까 봐 걱정되는 마음에 모르는 건

일일이 검색해 찾아보면서 혼자 힘으로 모든 걸 다 했다고 한다.

이 작은 마을에 어느 날 나타나서는 혼자 집을 뜯어고치는 젊은 남자를 동네 어른들은 처음에는 경계했다. 하지만 매일같이 와서 성실하게 고생하는 젊은이를 보며 그 마을의 일원으로 자연스레 받아들여준 것이 식당을 운영하고 있는 지금, 그들에겐 가장 큰 자산이다.

그렇게 힘들여 오랜 시간 리모델링한 이 공간은 애초에 그들이 생각했던 게스트하우스로는 적절하지가 않았다. 난방 때문이었는데, 오래된 구옥의 단열을 위해 벽면이나 바닥을 손대기 시작하면 원래 갖고 있던 느낌과 감성이 사라질 수밖에 없었다. 그게 싫었다. 그래서 공간에 맞는 다른 아이템을 찾다가 하게 된 것이 바로 식당이었다.

식당은 초짜인 그들이 기댈 만한 언덕은 바로 식당을 운영해본 경험이 있는 이승환 씨의 어머니였다. 이승환 씨의 아버지는 입맛이 워낙 까다로워서 아내가 해준 음식 외에는 일절 먹지 않는 사람이었다. 그러다 보니 어머니는 까다로운 남편 입맛에 맞춰 나날이 요리 솜씨가 늘었고 수십 년간 그렇게 맛있는 밥상을 차려오며 살았다. 오랜 시간에 걸쳐 완성된 어머니의 레시피로 이곳의 메뉴들이 만들어졌다.
이곳에서 선보이는 모든 음식은 이승환 씨 어머니가 집에서 늘 하던 반찬, 그리고 자신 있는 그녀의 시그니처 요리들이다.

어머니와 남편이 주방을 맡고 아내는 서빙과 카운터를 맡고 있었다. 아내 김지영 씨는 이곳에 오는 대부분의 손님들을 다 기억하는 특별한 재주를 가졌다. 심지어 한 번 가서 포장을 해온 나도 기억하고 있었다. 오픈한 지 얼마 안 돼서 그렇다고 겸손히 덧붙이긴 했지만, 식당을 운영하는 사람으로서는 맛있는 음식과 더불어 최고의 무기를 가졌구나 싶었다.

젊은 부부가 덤덤히 말하는 이곳의 스토리는 진중하고 생각보다 깊었다. 아직은 서울 집을 오가고 있는 이승환 씨의 어머니와 아버지는 물론 양가 부모님을 모두 모시고 대가족을 이루어 사는 것이 그들의 목표라고 했다.

혼밥, 혼영, 혼술, 혼커…. 혼자서 하는 게 갈수록 많아지고 익숙해져가는 요즘 젊은 세대들. 결혼도 쉽지 않고 아이를 낳아 키우는 것도 당연한 것이 아니라 선택이 돼버린 이 시대에 대가족이라는 다소 구시대의 유물처럼 느껴지는 단어를 꿈이라고 이야기하는 이들의 삶과 가치관이 이야기를 나눌수록 더 궁금해졌다.

부부의 양가 가족이 모두 다 모이면 스무 명이 넘는다고 하는데, 그 대가족이 다 함께 해외여행을 가기도 했을 만큼 그들의 꿈은 실제적이었고 손에 잡힐 만큼 구체적이었다. 가족들이 다 함께 모여 사는 데 거부감 없이 적응할 수 있도록 양가 어른들이 함께 하는 시간도 그동안 수없이 가져왔다고 했다.

요즘 세상에 이렇게 살아가는 이들이 있구나 싶고, 일종의 문화충격마저 느껴졌다. 어쩌면 당연할지도 모를 함께 살아가는 일이 어느새 이렇게 희귀하고 생경해져버린 세상이 되었나 싶기도 했다.

이미 김지영 씨의 부모님은 서울에서 이주를 해서 그들과 함께 살고 있는 중이다. 아직 서울을 오가고 있는 이승환 씨의 부모님만 이주하게 되면 이 엄청난 프로젝트의 첫 단추는 완벽하게 끼워진다.

그렇게 대가족이 함께 부대끼면서 살아가는 동안 부모님에게도 자존감과 보람을 느낄 수 있는 일들을 찾아 기회를 드리고 싶다는 그들. 또한 아이늘에 게는 돈으로 살 수 없는 가치를 온몸으로 느끼며 살아가게 해주고 싶다고 덧붙였다.

저녁에는 영업을 하지 않는 이 공간에서 다양한 커뮤니티 활동을 해보고 싶다는 부부. 단순히 돈을 버는 수단으로 식당을 운영하고 있는 게 아니라고 한다.
게스트하우스를 운영할 때 만났던 홀로 여행하는 사람들을 위로할 수 있는 공간을 만들어보고 싶다고 포부를 밝혔는데, 그들이 겉보기에는 멋있게 보일지 몰라도 현실에 대한 막막함에 힘들어하고 있는 모습을 자주 봤기 때문이었다.
지금 운영하고 있는 식당도 쉼터 같은 공간을 만들기 위한 준비과정이 되지 않을까 기대하고 있단다.

지금까지 무엇을 계획하고 실행하며 살기보다 마음이 이끄는 대로 살아왔다고 했다. 지금 식당을 하고 있는 자신들의 모습을 일 년 전만 해도 전혀 생각하지 못했던 것처럼, 내년도 그 후에도 어떻게 될지는 알 수 없지만 마음이 이끄는 대로 최선을 다해 살아가고 싶다고 했다. 그러다 보면 자신들이 가고자 하는 방향에 맞게 자연스레 물꼬가 터지리라 믿고 있다고.

다른 사람을 위한 삶이 인생의 목표인 이 따뜻한 부부의 이야기를 들으며 나는 사실 조금 부끄러웠다. 세상이 정상보다는 비정상처럼 보일 때가 더 많은 요즘, 이렇게 착하고 따뜻한 이들을 만나니 답답한 방에 창문을 확 열어젖힌 것처럼 시원하고 상쾌했다.

지금 당장의 목표는 소도리 식당이 3대가 오순도순 같이 찾는 곳이 되었으면 좋겠다는 그들. 이곳에 오는 모든 이들에게 그들의 따뜻한 진심이 전달되고 나누어지기를 바라본다.

단순한 밥집이 아닌, 엄마의 밥상 그 이상의 따뜻함과 사랑이 있는 이곳을 온 가족이 함께 꼭 한번 찾아가보기를 바란다.

채반

수십 가지 메뉴를 아우르는 전천후 식당보다는 한두 가지 메뉴만 판매하는 곳은 그 메뉴의 간소함만으로 신뢰가 가곤 한다.

맛집이 되려면 한두 가지 메뉴에만 집중해야 한다는 매뉴얼이 한 TV 프로그램을 통해 전 국민에게 전수되기 전부터 존재했던, 오래된 동네 맛집이 바로 채반이다.

오픈한 지 얼마 되지 않았을 때부터 다녔던 곳인데, 채반이라는 예쁜 가게 이름에다 소면 전문점이라고 작게 써져 있는 간판이 참 마음에 들었다. 가게 건물 분위기와 간판 디자인이 예뻐서 무척 가보고 싶은 그런 식당.

잔치국수, 비빔국수, 열무국수. 메뉴는 이렇게 총 세 가지다. 오픈하던 그때나 지금이나 한결같다. 메뉴판은 큰 글씨로 디자인되어 가게 내부 벽면에 붙어 있는데, 사실 메뉴판만 봐도 살짝 맛집 느낌이 난다.

면 요리를 워낙 좋아하긴 하지만 국물을 한 숟가락 떠먹는 순간, 간판이나 메뉴판에서 감지되던 맛집 느낌 그대로 맛있다는 감탄사가 절로 나온다. 쫄깃하게 잘 삶아진 면발과 깔끔한 국물 맛이 정말 시원해서 배가 부른데도 국물까지 싹 비울 때가 많다.

메인 메뉴만큼이나 비중 있는 이 식당의 또 다른 주인공은 음식과 함께 나오는 배추김치와 열무김치인데, 잔치국수와 함께 먹다 보면 밸런스가 너무 잘 맞아서 꼭 리필을 요청하게 된다. 가게만큼 깔끔하고 정갈한 김치들은 어떻게 제철이 아닐 때도 늘 제철 같은 맛을 내는지 신기하기만 하다.

이 식당은 초창기 시절 엄청난 서비스를 운영했었는데, 삶은 달걀을 무한으로 제공해주는 것이었다. 달걀을 삶는 데 뭐 그리 대단한 기술이 필요할까 싶지만, 난 아직도 이곳만큼 달걀을 맛있게 삶는 집을 보지 못했다. 소금을 찍어 먹지 않아도 되는 적당한 간에, 껍질 까다가 짜증 나는 경우가 단 한 번도 없었던, 언제나 속 시원하게 단번에 벗겨지던 삶은 달걀. 언제 가도 따뜻한 온기가 느껴지는 그 달걀은 마치 어머니처럼 따뜻한 사장님의 마음 같았다.

잔치국수의 양이 많은 편이어서 달걀 두 개 이상은 먹기 어려운데도, 이 무한 리필 시스템을 악용하는 손님이 많았는지 아쉽게도 이 서비스는 오래가지 못했다. 지금은 국수 한 그릇당 달걀이 하나씩 나온다. 그래도 달걀 맛은 똑같이 맛있다. 오백 원을 내고 하나 더 주문해야 하나 늘 갈등할 만큼.

음식의 맛만큼이나 감동적이었던 건 언제나 친절하신 사장님 부부였다. 강릉에 와서 다소 불친절한 식당을 종종 경험하다가 너무나 친절한 응대에 깜짝 놀랐던 기억이 난다. 처음엔 아내 사장님이 주방 담당, 남편 사장님이 홀 담당이었는데, 손님들이 많아지자 아들과 며느리도 일을 도와 카운터와 서빙을 하게 되면서 사장님 부부는 더 이상 얼굴 보기가 힘들어졌다. 하지만 사장님 부부의 친절함이 아들과 며느리에게도 그대로 전수돼 이곳은 아무리 바빠도 손님 응대는 한결같이 친절하다.

따뜻하고 친절한 사장님들처럼 가게 내부 곳곳에 있는 아기자기한 소품이나 꽃 화분을 보면 소녀 감성이 느껴지기도 하고 참 포근하다. 아주 작은 부분까지 사장님의 손길이 닿아서 가게에 대한 정성과 애정을 느낄 수 있다.

가볍게 한 끼 먹기 좋은, 싫어하는 이가 별로 없는 면 요리이다 보니 오는 손님들도 정말 다양하다. 아이들과 함께 오는 가족도 많고, 혼자 오는 손님, 친구나 직장동료와 같이 오는 손님 등 다양한 사람들이 꾸준히 이곳을 찾는다.
소박한 외식 메뉴인데도 커다란 만족감을 느끼고 오게 되는 곳.
한때 대유행한 소확행이라는 말이 여기 이곳에서의 한 끼 식사에 딱 맞는 표현이라는 생각이 든다.

소면 한 그릇에도 깊은 정성이 느껴지는 한 끼.
비록 소박한 잔치국수지만 대접받는 기분이 들게 하는 깔끔하고 정성 가득한 음식.
언제든 가서 편하게 한 그릇 먹을 수 있는 그런 곳, 친절한 이웃 같은 곳이

다. 몇 년 전에도, 지금도 언제나 한결같은 이곳이 오래도록 현재의 모습 그대로 머물러 있기를 바라본다.

칡꽃향기

강릉의 토박이들도 잘 모르는 진짜 맛집이다. 알고 찾아오는 사람들만 올수 있는 곳에 있어 주로 소개로 오게 되는 이들이 많다.

SNS로 홍보하는 것도 아닌데, 입소문의 위력은 참 대단하다. 위촌리 인적도 드문 곳에 있는 식당인데도 불구하고 식사시간에 맞춰 가면 대기해야 할때가 많으니 말이다.

한번 와보면 단골이 되는 경우가 대부분이어서 이곳을 아끼는 사람들이 참많다. 주로 중장년 손님들이 좋아할 만한 메뉴이고, 특히나 여성 손님들의 입맛에 딱이라는 생각이 드는 곳.

한적한 시골 마을에 예쁘게 지어진 아담한 식당에서 비빔밥과 칼국수 그리고 다소 생소한 메뉴인 물닭갈비와 오리백숙을 판매하고 있다. 모든 메뉴들이 다 호평 일색이지만 아직 나는 만만한 비빔밥과 칼국수만 먹어봤다.

맛과 철학을 겸비한 식당

이곳의 음식들은 참 정갈하고 깔끔하다. 한눈에도 정성이 많이 들어간 것이 느껴진다.

비빔밥만 주문해도 감자전과 상큼한 샐러드가 에피타이저로 나오고, 밑반찬에 이 집의 또 다른 시그니처인 명태식혜까지 포함되어 있다. 비빔밥에 넣는 장도 취향 따라 먹어보라고 무려 세 가지나 나오는데 다 맛있어서 도대체 뭐에 비벼야 할지가 늘 고민이다.

고추장 하나에도 정성이 가득해서 소고기가 들어간 볶음고추장이 나오고, 남으면 싸오고 싶을 정도로 맛있는 강된장, 그리고 슴슴한 맛을 좋아하는 이들을 위한 간장소스까지 나온다.

맛도 맛이지만 손님의 취향을 배려한 그 세심함에 더 감동받는다.

특히 별미는 명태식혜인데 이곳에서 처음 먹어봤지만, 소울 푸드 느낌이 드는 그런 반찬이다. 포슬포슬한 명태의 식감과 적당한 간으로 버무려진 식혜 맛이 지금 생각해도 군침이 돈다. 반찬으로 나오는 명태식혜가 먹고 싶어서 이곳에 다시 오는 이들도 있다고 한다.

비빔밥에 들어가는 나물들은 건강한 제철 재료들이 철 따라 올라온다. 나물들 하나하나 따로 먹어도 다 맛있고 건강한 느낌이 난다. 양은 또 얼마나 푸짐한지. 이미 푸짐하게 주시면서도 모자라면 더 드리겠다고 살뜰하게 손님들을 챙긴다.

비빔밥에 함께 나오는 미역국을 나는 참 좋아하는데, 한두 번은 꼭 리필해서 먹을 만큼 깔끔하고 시원한 맛이 일품이다. 집에서 끓인 것 같은, 조미료 맛이 안 나는 미역국이어서 질리지 않는다.

한 그릇 다 먹고 나면 일어나기 힘들 만큼 배가 부르다. 연신 손님들의 요구사항을 들어주던 사장님은 금세 디저트로 커피와 차를 내오신다.

이렇게 푸짐하게 잘 차려진 밥 한 끼가 어떻게 8천 원인지 나는 잘 모르겠다. 만 원이 넘어도 될 것 같은데 욕심 없는 사장님의 넉넉한 인심 덕분에 이곳은 언제나 손님으로 만원이다.

맛있는 음식을 먹으며 한 번씩 바라보게 되는 창밖 풍경도 이곳을 찾는 이유가 된다. 계절의 변화가 고스란히 감지되는 아름다운 풍경을 바라보며 식사하는 기분도 꽤 근사하기 때문이다. 그리고 사장님 부부의 취향이 그대로 담긴 이 식당의 클래식 배경음악도 참 좋다. 음악 하나로 우아한 레스토랑에 온 것 같은 느낌이 난다.

이곳을 좋아하는 단골들이 쓴 후기를 본 적이 있다. 그중에서 더는 이 집이 소문 나지 않기를 바란다는 내용이 눈에 띄었다. 나도 그 마음을 충분히 이해하기에 지금 이 글을 쓰고 있는 게 좀 미안하기도 하다.

그래도 요리 잘하는 엄마가 자랑인 것처럼 강릉에 이런 곳이 있다는 걸 자랑하고 싶었다.

만 원도 안 되는 비용으로 건강하고 깔끔하게 잘 차려진 밥상을 마주할 수 있는 곳.

깔끔한 집밥이 그리운 이들에게 이곳을 권한다.

2장
······

색다른 분위기의 카페

52블럭

하루 열네 시간.

52블럭 멤버들의 노동 시간이다.

남들은 하루를 마무리하는 자정 무렵에 출근해서 다음 날 오후 늦은 시간에 퇴근한다. 휴무일을 제외한 매일 아침 일곱 시 오픈을 위해 그들은 수면 시간을 기꺼이 할애했다.

밤낮이 뒤바뀐 것도 아닌, 일하는 낮만 지속되는 것 같은, 감히 시도할 엄두조차 나지 않는 생활을 하며 하루하루를 살아오고 있었다.

지금 내 앞에 놓인 이 올리브 치아바타는 그들이 하루 열네 시간 이상을 바친 노동의 산물이며 그보다 더 이전 사흘 동안 저온숙성으로 발효되는 시간을 거쳐 만들어진 빵이다.

조호준 대표와의 짧지만 묵직했던 인터뷰를 곱씹으며 이 빵을 먹으려는데

색다른 분위기의 카페

•

목이 메는 것 같다.

　한 톨의 쌀을 얻기 위한 농부의 수고로움을 생각해보면 늘 먹던 밥이 달리 보이는 것처럼, 엄청난 시간과 헌신적인 노동의 산물인 52블럭의 발효 빵에 대한 이야기를 직접 듣고 나니 빵 앞에서 난생처음 먹기 미안하다는 마음이 들었다.

　강릉에 지음으로 생긴 식사 빵 베이커니, 52블럭. 부소시 그내노 생오를 생했다. 강릉에도 드디어 식사 빵 파는 데가 생겼다고 신나 하던 주변 빵순이들의 피드백이 나에게도 금세 전해졌다. 천연발효종으로 만든 거친 식감의 빵에 익숙하지 않던 때라 궁금하긴 했지만 즐기진 않다가 작년부터인가 뒤늦게 나도 발효 빵의 매력을 알게 되었다. 탄수화물을 자제하려고 애쓰는 중이라 주말에만 먹으려고 노력하고 있지만 매일 밥 대신 빵을 먹으면 좋겠다 싶을 만큼 이곳의 발효 빵들은 참 담백하다. 또 겉은 딱딱해도 속은 쫄깃한 식감이 아주 매력적인 데다가 씹으면 씹을수록 고소한 맛이 느껴진다.

　발효 빵에 대한 사람들의 인식이 지금과는 사뭇 달랐던 2016년 오픈 당시에는 그야말로 몇몇 충성스러운 단골들 덕분에 운영되어 왔다고 한다. 단골손님들의 애정은 참으로 각별해서 강릉을 떠나 다른 곳으로 이사 간 후에도 택배로 주문해 먹기도 하고, 짧은 일정으로 강릉에 다녀갈 때도 꼭 들른다고 하니 참으로 고마운 인연들이다. 오랜 단골손님들에 대한 추억을 이야기하는 대표의 군더더기 없는 말들에서 진한 고마움이 느껴졌다. 지금에야 없어서 못 팔 때도 많은 이곳의 빵들이지만, 버거웠던 초창기 시절을 버티는 데는 단골들의 힘이 컸으리라.

조호준 대표는 원래 제빵사가 아니었다. 빵과는 무관한 직장생활을 십여 년간 해오다가 염증을 느끼던 중 안식년 때 떠났던 산티아고 순례길에서 먹어본 발효 빵이 오늘의 그를 만들었다.

한국으로 돌아온 뒤 제빵 회사에서 일을 배우기 시작했고, 제한 없이 자신이 추구하는 빵을 만들어보기 위해 뜻이 잘 맞는 직장동료와 함께 52블럭을 오픈했다. 함께 제빵을 담당하고 있는 최우재 씨와 바리스타인 서지혜 씨가 그와 한배를 탄 이들이다. 서지혜 씨는 조호준 대표의 아내이기도 하다.

인터뷰 내내 그가 가장 많이 했던 말은 동료들에게 미안하다는 것이었다. 이렇게 힘들게 일해도 되지 않을 사람들인데, 자기를 만나 애꿎은 고생을 하고 있는 것 같다나. 하지만 짐작하건대 동료들도 그와 마찬가지로 이 일에 대한 자부심과 열정이 있는 사람들임에는 틀림없다.
개인의 평범한 일상을 고스란히 포기해야만 할 수 있는 이곳의 강도 높은 노동을 단순히 밥벌이 수단으로 생각해서는 할 수 없을 것 같아서 하는 말이다.

게다가 조호준 대표와 동료 제빵사, 두 사람 모두 빵을 만드는 기술로는 정점에 올랐을 법한데도 매일매일 지속적으로 의견을 나누고 개선할 점을 찾으며 100퍼센트 만족할 만한 빵을 만드는 그날을 향한 과정 중에 있다는 이야기를 들으니 이곳의 멤버 모두가 자신의 일을 사랑하는 프로 중의 프로라는

색다른 분위기의 카페
•

생각이 들었다.

빵을 만들 때 주재료인 밀가루나 발효종에는 신경을 쓰는 빵집들이 있긴 해도, 물까지 예민하게 생각하며 정제수를 사용하는 곳은 드물다고 하는데, 이곳의 모든 빵은 정제수만 사용해서 만든다. 완성된 빵의 미묘한 맛의 차이가 본인들은 느껴지는 데다 손님들 중에서도 열에 한 명 정도는 그 맛을 구분하기 때문이다.

동계올림픽 때 많은 외국인들이 이 빵집을 드나드는 모습이 자주 포착됐는데 그 후 손님들이 많이 늘었다고 한다. 이곳은 안 와본 사람은 있어도 한 번만 오는 사람은 없는 그런 곳이어서 시간이 지날수록 단골손님은 더 많아질 것 같다.

지금은 주말이면 바게트가 100여 개, 치아바타가 200여 개 나간다고 하니, 얼마나 많은 이들이 이곳의 빵의 매력에 빠졌는지 짐작이 간다. 관광객들도 많이 찾는 곳이다.

하지만 조호준 대표는 줄 서서 사 먹는 빵집을 바라지는 않는다고. 그래서 기본에 충실할 뿐 특별한 비법이 없는데도 자꾸만 비법을 요구하는 방송가의 출연 제의는 거절할 때가 많다고 한다.

그가 바라는 이상적인 52블럭의 모습은, 이른 아침에 방금 일어난 차림새 그대로 와서 빵을 사갈 수 있는, 그저 편안한 이웃 같은 그런 빵집이다.

손님들의 평화로운 일상 속 한 부분이 되는 빵집의 모습을 꿈꾸고 있다.

나도 가끔 이른 아침에 세수도 안 하고 이곳을 방문할 때가 있으니 사장님이 바라는 빵집의 모습은 이미 이루어진 것 같기도 하다.

이른 아침 문을 여는 빵집의 모습을 지켜나가기 위해 밤새 빵을 만드는 엄청난 수고를 매일같이 반복하고 있는 조호준 대표. 앞으로도 직접 자신의 손으로 만든 빵만을 고수하겠다는 말에서 기본과 본질에 충실하려는 그의 마음이 전해졌다.

유럽의 빵집들도 직접 반죽과 성형을 하는 시스템이 아니라 굽기만 하는 곳이 많아지는 추세라고 하는데, 이렇게 고생스러운 길을 고집스럽게 걸어가고 있는 원동력이 궁금했다.

"빵 만드는 일이 좋습니다. 그리고 제가 만든 빵을 사람들이 맛있게 먹는 모습을 보면 보람도 느끼고요."

심플한 대답. 좋아하는 일을 한다는 것. 그 단순한 것의 힘은 이렇게나 위력적이다.

조호준 대표는 미래에 좀 더 영역을 넓혀서 간단한 식사라도 가볍게 할 수 있는 캐주얼한 레스토랑도 겸하는 게 꿈이라고 했다.

누가 알아주든 말든 스스로가 좋아서 기본과 원칙을 지키며 최선을 다해 살아가는 사람들 덕분에 그래도 세상은 반짝일 때가 있는 것 같다.

색다른 분위기의 카페
•

지난밤부터 밤새워 일했으리라고는 짐작도 못할 만큼 씩씩하고 경쾌한 톤으로 인사하는 52블럭 사람들.

진정한 프로는 이런 거구나 싶다. 십 년 후에도, 이십 년 후에도 변함없이 이른 아침 이 목소리를 들으며 빵을 살 수 있으면 좋겠다는 소소하지만 원대한 바람을 가져본다.

데자뷰 로스터리

대표나 셰프들과 대화를 하다 보면 비록 두세 시간 남짓 되는 짧은 시간이라 해도 그의 삶 전체가 느껴질 때가 있다. 조현욱 대표와의 인터뷰가 유독 그렇게 느껴졌다.

나는 데자뷰 로스터리에서의 커피 한 잔에 한 사람의 인생 전체가 담겼다고 이제는 말할 수 있다. 그것은 과장된 수사적 표현도 아니고 낯간지러운 찬사도 아니다. 그의 진심을 알아버린 이에게는 그저 팩트일 뿐이다.

카페를 하는 사람들은 다들 저마다의 동기와 이유가 있기 마련이다. 커피에 대한 진정성, 철학, 태도, 실력 등 여러 요소를 갖춘 탁월한 사람들을 많이 만나봤지만, 그중에서도 조현욱 대표는 참 특별했다.

데자뷰 로스터리. 이곳의 커피가 맛있다는 얘기는 커피를 좋아하는 지인들로부터 자주 듣곤 하던 말이었다. 가봐야겠다고 마음먹은 지 오래되었지만, 집 근처가 아닌 차로 이동해야만 하는 거리에 있는 카페를 찾아간다는 게 생각처럼 쉽지 않았다.

더욱이 커피는 마시고 싶은 그 순간에 바로 마셔야 하는 것 아닌가. 그러니, 먼 곳에 있는 카페를 방문한다는 게 잘 되지 않는 일이었다. 커피만큼이나 매력적인 이곳 공간의 느낌도 가보기 전이라 알 수가 없으니 계획은 늘 미뤄졌다. 그러나 이곳에서 판매하는 드립백 커피가 선물용으로 급히 필요해서 방문하게 된 것이 불과 몇 달 전의 일이다.

카페 로고의 날개 문양이 유난히 눈에 띄었다. 한 날개는 조현욱 대표, 다른 한 날개는 이곳에 오는 손님을 뜻한다고. 날개가 하나만 있으면 날 수가 없는 것처럼 두 날개가 함께 공존해야만 그가 원하는 모습의 카페도 만들어질 수 있다는 의미를 담았다고 한다. 그의 생각이 깊었다.

문을 열고 들어서면 먼저 카페 안의 짙은 청록색 벽면이 눈에 들어온다. 차가운 느낌의 청록색이 조명 빛으로 따뜻하게 느껴졌다. 사실 그가 가장 좋아하는 색은 코발트블루다. 몰딩을 먼저 블루로 칠하고 나니 벽면은 다른 색이 낫겠다는 사람들의 권유로 청록색이 되었다고. 때론 차선이 최선처럼 느껴지기도 한다. 이 차가운 짙은 청록색을 배경으로 언제나 파란색 계열의 옷을 입고 있는 그는, 마치 이 공간의 일부 같다. 바 뒤편에 다른 이가 있는 모습은 상상도 안 될 만큼 그가 만들어내는 아우라는 컸다.

청록색 벽면에는 좀 많다 싶을 만큼의 명화들이 걸려 있다. 고흐의 마지막 〈자화상〉과 〈진주귀걸이를 한 소녀〉, 〈모나리자〉, 〈알프스를 넘는 나폴레옹〉을 볼 수 있다. 모두 다른 작가들의 작품이라 이 큐레이션의 의도가 궁금했다. 그는 풍경화보다는 그림 속 주인공과 시선을 마주하며 교감하게 되는 인물화가 좋다고 했다. 그림에게도 말을 건넬 수 있는 감성의 소유자였다. 그냥 단순히 인테리어용이 아니라, 걸어놓은 그림에도 그의 삶의 질감과 연관성이 느껴졌다. 이 난해한 큐레이션도 나는 비로소 수긍이 되었다.

바리스타는 단지 커피를 맛있게 내려주는 사람이 아니라고 했다. 한두 번 온 손님의 얼굴도 기억하고 있어야 하고, 그 손님이 전에 왔을 때 어떤 취향의 커피를 마셨는지도 알고 있어야 하며, 손님과 함께 나눴던 근황들도 기억하고 있어야 한다고 했다. 그래야 다시 오면 그 후일담도 물어볼 수 있을 테니까. 무엇보다 손님이 그와 이야기를 나누고 싶어 한다면 진심으로 경청해줄 수 있는 마음의 여유가 필요하다고 했다.

그가 정의한 바리스타의 역할 그대로 지금까지 이 공간을 끌어오고 있다 보니 이곳은 유난히 혼자 오는 손님이 많은 편이다. 매일 출근하듯 오는 손님도 많다. 이곳의 커피도 참 특별하지만, 더 특별하게 느껴지는 건 문득 내 이야기를 들어줄 사람이 필요할 때 생각나는 곳이라는 이 카페만의 고유한 아이덴티티다.

눈에 보이는 것 이상으로 해야 할 소소한 일이 의외로 많은 카페업을 하면서도 손님 응대에 늘 우선순위를 두고, 시간과 마음을 내어준 그의 진심과 노고가 대단해 보였다.

어느 날은 오픈하자마자 온 손님과 오전 세 시간 동안 대화를 나누다가 점심식사 후에 온 다른 손님과 저녁시간이 될 때까지 여섯 시간(!) 가까이 대화한 후, 다시 저녁에 온 또 다른 손님과 마감 전까지 두어 시간을 이야기했다는 그의 절절적인 인터를 듣고 나는 큰 충격을 빋있다. 다른 사람의 이야기를 듣는다는 것, 그것도 흘려듣는 것이 아니라 경청하는 것은 진심 없인 불가능한 일이다. 그렇게까지 손님을 진심으로 대할 수 있는 열정은 어디서 오는지도 궁금해졌다.

그는 사랑이라고 했다. 뜬금없이 웬 사랑 타령이냐고 할 수 있겠지만, 그가 커피를 내릴 때 가장 중요하게 생각하는 것은 사랑이라는 감성을 그 안에 담는 것이란다. 손님들이 전혀 몰라준다 해도 그는 커피 한 잔을 내릴 때 그런 마음으로 대한다. 커피를 내리는 데 있어 그에게는 가장 중요한 가치인 사랑, 그 마음을 유지하기 위해 그는 분주한 서울을 뒤로하고 여유로운 강릉으로 왔다. 그래서 이곳이 너무 많은 사람이 찾아오는 북적이는 카페가 되는 것도 바라지 않는다고 했다.

그저 지금처럼 여유롭게 한 사람 한 사람에게 최선을 다하려 한단다. 그가 내려주는 그 여유로운 커피를 경험한 손님들은 이곳에서의 커피 한 잔을 누리는 법을 제대로 알고 있기에 카페 안에 손님이 많으면 차에서 내리지도 않

고 그대로 발걸음을 돌린다고 한다. 복잡한 데자뷰에서의 지금 당장의 커피 한 잔보다는 오롯이 이 공간을 누릴 수 있는 나중을 택하는 것이다.

내가 왔을 때도 손님이 없을 때가 많았었는데, 그때의 그 분위기가 참 좋아서 이곳은 혼자 오기 참 좋은 카페라는 생각을 늘 했었다. 사람들이 느끼는 건 그렇게 다 비슷한가 보다.

나이가 사람됨의 지표가 될 수는 없지만, 그는 나이에 비해 말도 안 되게 성숙하고 진중해 보였다. 굵고 낮은 그의 목소리만큼이나 삶의 깊이가 느껴지는 조현욱 대표. 그 나이 또래에 비하면 너무나 굴곡지게 살아온 그의 지나온 시간들이 지금의 그를 만들었구나 싶었는데, 그래서인지 지금의 모습이 아름답고 향기가 나면서도 조금은 안쓰럽게 느껴지기도 했다.

나는 이곳의 낯설고 다채로운 커피 맛이 좋다. 어디서도 맛보지 못한 커피 맛을 올 때마다 느끼게 되는데, 그 커피를 내리는 조현욱 대표도 커피 맛만큼이나 낯설고 다채롭게 살아온 듯했다. 그랬기에 오는 손님들 누구에게나 공감하고 경청할 줄 알며 겸손한 마음으로 대할 수 있으리라.

그는 지금 자신이 가진 열정의 77퍼센트 정도만 커피에 쏟아내고 있다고 했다. 100퍼센트를 쏟지 않는 이유는 빨리 소진되지 않기 위해, 오래도록 이 일을 하기 위해서라고.
손님들에게는 200퍼센트 이상으로 감지되는 77퍼센트의 열정으로, 오늘도 그는 어떤 손님들에게는 오래도록 잊지 못할 한 잔의 커피를 만들어가고 있다.

마음을 담아 커피를 내리다 보면 어느새 저녁 무렵이 되고 그에게도 충전의 시간이 필요해진다. 에너지의 총량은 정해져 있다 보니 손님들에게 하루 종일 나눠준 그 열정을 다시 채우려면 조용히 자신을 돌아볼 시간이 필요한 것이다.

저녁 무렵 어슴푸레하게 어둠이 밀려오면 카페 한켠 그의 자리에 앉아, 아침부터 조금씩 마시고 있던 자신을 위해 내린 커피 한 잔과 함께 좋아하는 음악을 듣고, 책을 읽으며 충전의 시간을 갖는다.

고요한 공간에서 혼자 보내는 그 시간이 하루 중 가장 좋아하는 시간이라고 했다. 그리고 그 시간을 충분히 누리며 다시 내일의 손님들을 맞이할 힘을 채워나간다.

무교라고는 하지만, "네 이웃을 네 몸과 같이 사랑하라"라는 성경 구절을 가장 좋아한다는 조현욱 대표. 카페라는 자신의 공간에서 자신이 좋아하는 성경 구절대로 살아가려고 애쓰는 그 모습에 잔잔한 감동이 밀려왔다. 진정성은 이렇게 다 전달이 되는 법이다.

아무쪼록 지금 모습 그대로 오래도록 이곳에 머물며 그가 커피를 내려주었으면 좋겠다. 그의 삶이 담긴 커피와 그의 진심 어린 위로를 한결같이 그 자리에서 나누어주었으면 좋겠다.

커피 향보다 더 짙은 그의 삶의 향기처럼 말이다.

명주상회

내가 좋아하는 명주동. 그리고 명주동 대로변에 있는 명주상회.

나이를 가늠할 수 있는 재밌는 체크리스트들이 많이 있지만, 상회라는 단어도 그중 하나이지 싶다. 지금처럼 편의점이 동네 상권을 장악하기 훨씬 더 전에, 슈퍼마켓이라는 세련된 이름이 등장하기도 전에 드문드문 볼 수 있었던 이름이 바로 'ㅇㅇ상회'다.

단어 자체만으로 아날로그 감성을 소환해내는 힘을 가졌기에, 명주상회라는 이 친근한 간판은 이곳을 지날 때마다 내 시선을 끌었다. 게다가 디자인도 예쁘고 건물 외벽의 타일과도 참 잘 어울렸다. 한마디로 명주상회의 아날로그한 느낌이 좋았다.

원래는 공유 공간으로 활용되던 곳이었다. 지역의 다양한 활동들이 이곳에서 펼쳐지곤 했었는데, 매일 이루어지는 것은 아니다 보니 때로는 빈 가게처럼 보여 아쉽기도 했었다.

색다른 분위기의 카페
•

그러다 언제부터인가 저녁때 매일같이 불이 켜져 있는 모습이 보이더니 올 봄에는 이곳에서 짜이 향이 나기 시작했다.

강릉에 있는 유일한 짜이 가게, 강릉의 짜이왈라(인도에서 짜이를 판매하는 사람을 가리키는 말)가 있는 명주상회. 처음 이 공유 공간을 조성하는 데 앞장섰던 이정임 씨가 예전 이름 그대로 이곳을 운영하고 있다.

인도의 국민 음료라고 하는 짜이와 커피 그리고 라씨와 콤부차를 판매한다. 주인장 이정임 씨는 오래전부터 짜이를 직접 끓여 마시곤 했다. 그러다 코로나 이전 마지막 여행지가 된 인도에서 '돌아가면 짜이 가게나 해볼까' 하고 농담처럼 했던 말이 지금은 현실이 되었다.

인도로 여행을 다녀온 이들에게 있어 짜이는 단순히 그냥 마시는 차가 아니라, 영혼의 음료라고도 불릴 만큼 특별한 의미로 작용한다. 짜이 한 잔으로 여행의 기억을 단번에 소환해내거나, 여행지에 대한 그리움을 달래기도 하는 마법 같은 역할을 해낸다.

인도를 여행해보지 않았기에 짜이와는 일면식도 없는 사이이긴 했지만, 짜이를 마셔본 이들이 하나같이 매력적인 차라고 치켜세우는 바람에 이곳이 오픈했다는 소식을 듣자 서둘러 찾아갔다.

아담한 가게 안은 향신료의 향들로 터질 듯이 가득 채워져 있었다. 엄청난 향신료의 기세에 눌려 처음에는 내가 이걸 과연 마실 수 있으려나 싶었다. 밀크티와 비슷하다고는 들었는데 기다리는 동안 후각을 끊임없이 자극하는 향신료의 냄새는 그것과는 전혀 다른 느낌이었다. 못 마시면 어쩌나 살짝 걱정이 되는 순간, 짜이가 내 눈 앞에 놓였고, 기대 반 걱정 반으로 한 모금을 마셨다. 생각보다 괜찮았다. 향신료의 맛은 거의 느껴지지 않았고, 단맛이 들어간 밀크티 느낌이었다. 그래도 향신료의 존재감은 은은하게 남아 있어, 그 미묘한 맛이 짜이의 매력이구나 싶었다. 뭔가 난해한 음식에 도전할 때 갖는 비장했던 마음이 슬쩍 민망해질 만큼 누구나 마실 만한 맛이었다.

인도에서는 더운 날에도 뜨거운 짜이를 마신다. 그러면서 우리가 뜨거운 탕을 한입 떠먹고 나서 시원하다고 말할 때 짓는 표정을 한다. 한번 마셔보니 그런 표정이 왜 나오는지 알 것도 같다. 나도 하마터면 시원하다고 말할 뻔한 그런 맛이었으니까.

우리나라의 경우 집집마다 김치 맛이 다르듯이 인도의 짜이도 집집마다 고유한 레시피가 있어서 조금씩 맛이 다르다고 하는데 이곳의 짜이도 마찬가지다. 수십 가지의 다른 레시피로 시도한 끝에 지금의 맛을 내기에 이르렀다.

이렇게 정성을 다한 결과물인 명주상회의 짜이는 안타깝게도 수지타산이 맞질 않는다. 십여 가지의 향신료가 들어가는 데다 좋은 재료로만 엄선해서 쓰고 있다 보니 인건비도 책정 안 된 가격으로 판매 중이다. 만드는 과정 자체가 공이 많이 들어가는 매우 수고로운 일이지만, 그녀 자신이 좋아하는 차이기에 기꺼이 해오고 있다.

강릉을 찾아온 여행자들이 우연히 이곳에 들렀다가 그리웠던 짜이를 마시고는 잊을 수 없는 여행의 추억을 만들어가기도 하고, 일부러 이곳 짜이의 맛을 보기 위해 강릉에 오는 이들도 있다고 한다. 지역의 작가들이나 문화예술 관련 활동을 하는 사람들도 많이들 이곳을 찾는다고 하는데 짜이가 주는 그 특별한 감성 때문이 아닐까 싶기도 하다.

이정임 씨는 자신이 만든 짜이 맛에 대한 자부심도 상당했다. 전국에 몇 안 되는 짜이 집은 거의 다 다녀보았는데 그녀의 짜이가 그들과 견주었을 때 뒤처지지 않는다고 자신했다. 수익은 생각 안 하고 좋은 재료만 엄선해서 오랜 시간 공들여 만드는, 지극히 가성비가 떨어지는 시스템으로 완성되는 만큼 맛은 보장될 법도 하다.

인도 현지에서는 짜이를 토기 잔에 담아 마신 뒤에 깨뜨려버린다고 하는데, 이곳에서는 그 토기 잔과 비슷한 모양의 예쁜 잔에 마신다. 손뜨개로 만든 컵 홀더가 끼워져 있어 앙증맞다.

짜이를 즐기는 이 공간의 느낌은 아늑하고 사랑스럽다. 한쪽 벽을 빼곡히 장식한 책들이나, 벽에 걸린 그녀가 직접 그린 그림들, 그리고 이곳을 화사하게 채워놓은 꽃들이 명주상회 주인장 이정임 씨가 어떤 사람인지를 친절하게 설명해주고 있다.

그녀는 이곳을 운영하기 전까지 매우 치열하게 살아왔다. 이십 대 때 고향인 강릉에 되돌아와 그 시기부터 이십오 년간 지역에서 시민활동가로 다양한 일들을 했다.

명주상회라는 이 공간도 원래 강릉의 원도심인 이곳 명주동에 '원도심 살리기 운동'의 거점으로 만들어진 곳이었다. 마을 주민 모임을 하거나 요일 가게를 운영하면서 심야 식당, 청년집밥, 문화살롱 등의 모습으로 한 번쯤 가게 주인이 되어보고 싶어 하는 이들에게 이 공간을 제공해왔다.

지금은 조용히 짜이를 마시는 공간으로 사용하고 있지만 앞으로는 좀 더 다양한 쓰임새로 활용하고 싶다고 말했다. 다만 그동안 너무나 치열하게 살아왔기에 계획해서 하기보다는 자연스럽게 흘러가는 대로 하고 싶다는 말을 덧붙였다.

이곳은 지금도 사람과 사람을 이어주는 매개 공간의 역할을 하기도 하는데, 그럴 때 이곳을 운영하는 보람을 느끼기도 한다고.

아직 운영한 지 몇 개월 되진 않았지만 이곳에서의 시간들을 통해 스스로에게 휴식과 회복의 시간을 주었다고 말했다. 지금도 손님이 없는 시간에는 주로 책을 읽거나 근처 텃밭에 나가 시간을 보내면서 자신의 내면을 충실히 보살피며 지내고 있다. 그런 이가 운영하는 곳이어서 그런지, 이곳은 참 편안한 느낌이 든다.

여행이 자유롭지 못한 지금, 어딜 가지 못해 답답한 이들이 있다면 이곳으로 여행 오기를 권한다. 이곳 명주상회에서의 짜이 한 잔으로 단숨에 인도를 경험할 수 있는 것도 하나의 매력이지만 무엇보다 각자의 취향에 맞게 강릉을 여행할 수 있는 법을 안내해주는 현지인 여행 코디네이터가 있기 때문이다.

그 어떤 여행보다 기억에 남을 만한 강릉 여행을 그녀를 통해, 그리고 이곳 명주상회를 통해 경험할 수 있을 듯하다.

색다른 분위기의 카페

살림

집에서 가장 가까운 카페. 집 앞에 내 취향에 맞는 카페가 있다는 건 얼마나 고마운 일인지.

강릉에 지하철 역세권은 없어도, 카페세권은 있을 수 있겠다 싶다.

강릉은 카페가 참 많아서 편의점만큼이나 카페 찾는 일이 쉽긴 하지만, 내 마음에 쏙 드는 카페를 집 앞에서 만나는 건 여간한 일이 아니다.

문 하나를 사이에 두고 참 다른 세상이 있구나 싶은 생각이 카페 안에 들어서는 순간 스친다. 아늑한 분위기와 고요한 음악, 그리고 건너편에 보이는 창밖 풍경 등이 한꺼번에 느껴지면서 좀 전까지만 해도 분주하게 살던 내가 잠시 어디 여유롭게 여행이라도 온 것 같은 생각이 든다.

따뜻한 감성의 여성 취향 저격 카페인 이곳은 '살림'이라는 카페 이름에서 짐작되듯이 예쁘고 아기자기한 살림을 파는 소품숍도 겸하고 있다. 카페 같은

색다른 분위기의 카페

집에 대한 로망을 갖고 있는 나로서는 아기자기한 살림을 비롯해서 본인의 라이프스타일을 그대로 카페로 옮겨와서 운영하시는 사장님의 멋진 감각이 부러울 따름이다.

테이블보나 헤어 액세서리 등의 패브릭 소품들은 대부분 사장님이 직접 만든 것들이다. 그 외에는 사장님의 평소 취향대로 사용해본 제품들을 판매한다. 소품 코너에서 한참을 만지작거리며 구경하다 보면 시간 가는 줄 모를 만큼 재밌다. 카페 여기저기에서 200퍼센트의 존재감을 드러내며 디스플레이된 감각적인 소품들은 보고만 있어도 힐링이 되는 기분이다. 갈 때마다 살까 말까 하는 일본풍 나무 도시락은 카페 초창기부터 살림만의 시그니처 소품처럼 판매되고 있는데, 그냥 도시락만 디스플레이되어 있는 게 아니라, 소창 천으로 잘 싸서 리넨 끈과 솔방울로 장식해놓으니 그렇게 예뻐 보일 수가 없다. 사장님의 감각적인 디스플레이를 보면 당장이라도 그대로 들고 피크닉을 가고 싶어지는 기분이 든다.

테이블 위에는 예쁜 꽃 말고도 손수 기르는 허브라든가 들꽃이라든가 초록초록한 싹이 자란 당근 등으로 꾸민 듯 안 꾸민 듯 자연스럽게 장식되어 있을 때가 많다. 이곳의 그런 감성이 나는 참 좋다. 서가의 책들도 무심히 꽂혀 있는 것 같아 보이지만, 한 권 뽑아 들면 균형이 깨질 것 같다는 생각이 들 정도로 조화롭게 놓여 있다. 책은 사장님이 즐겨 읽는 책들을 그대로 큐레이션해놓은 것인데, 책장을 보면 그 사람을 알 수 있다는 말처럼 사장님의 취향이 그대로 드러나 보인다. 카페의 분위기와 책의 목록들이 참 잘 어울린다.

그리고 포스기 옆에 있는 내가 좋아하는 아보카도 화분. 씨앗을 발아시켜 심어놓은 거라는데, 그 수형이 얼마나 이국적이고 예쁜지, 볼 때마다 무럭무럭 자라 있는 것 같아서 항상 아보카도 나무의 안부를 살핀다.

이곳은 스콘이 참 맛있다. 언제나 따뜻하게 데워서 나오기 때문에 늘 갓 구운 것 같은 맛이 난다. 좋은 재료를 사용해서 사장님이 직접 매일 굽는다. 스콘을 포장해서 사갈 때가 많은데, 그럴 때도 버터, 사과잼과 함께 얼마나 정성껏 예쁘게 포장해주시는지. 달리 살림의 고수가 아니다. 사람의 입맛은 다 비슷한 건지 이곳이 스콘 맛집이라는 건 진작에 소문이 나서 늦게 가면 구입하지 못할 때도 많다.

이곳의 잔잔한 음악과 원목이 주는 따뜻함을 나는 참 좋아하는데, 이 카페에서 내가 가장 좋아하는 곳은 서가 옆 창가 자리다. 창밖으로 보이는 카페 옆 아파트의 조경수들이 카페의 일부처럼 잘 어울리고 초록초록해서 기분이 좋아지는 풍경이다.

창문에 달아놓은 하얀 레이스 커튼은 항상 푸른 나무가 잘 보이도록 한쪽은 열려 있는데, 따뜻한 날이면 살짝 열어둔 창문 틈 사이로 바람이 들어와 커튼이 살랑살랑 흔들린다. 그 모습을 보면 내 마음도 봄처럼 싱그러워지는 것 같다.

주택가에 있는 잘 보이지도 않는 이곳이 어느 날부터인가 SNS에서 예쁜 카페로 입소문을 타기 시작하면서 요일도 시간대도 상관없이 늘 손님들로 북적이는 카페가 되었다. 내가 가장 좋아하는 창가 자리가 사진 찍기 좋은 위치가 되면서부터는 점점 더 그곳이 내 자리가 될 가능성은 희박해졌다. 젊은 여행객들이 카메라를 들고 와서 창가에 앉아 열심히 찍는 모습은 이제 이곳의 흔한 풍경이 되었다.

발 디딜 틈 없던 카페가 코로나19로 잠시 한적했던 적이 있었다. 지금은 예전 분위기를 되찾은 것 같긴 하지만, 손님들로 정신없이 바쁠 때도 언제나 친절하게 안부를 물어봐주시는 사장님이 늘 고마웠다. 텃밭에서 딴 거라며 상추랑 토마토를 건네주시기도 하는데 그런 따뜻한 배려가 나의 일상을 풍성하게 만들어준다.

바로 앞이 집이지만, 집에서 아주 멀리 떠나 여행이라도 온 것 같아 기분전환하기에 정말 좋은 카페. 다른 사람의 멋진 라이프스타일과 아이템들을 그저 구경하는 것만으로도 힐링이 된다는 것을 알게 해준 이곳.

살림하기에 지쳐서 살림이라는 말만 들어도 싫은 이들에게, 아이러니하지만 이곳에 와서 살림이 주는 위안을 느껴보기를 권한다.

이진리

예쁜 구옥을 좋아한다. 구옥을 리모델링한 공간이라면 그 이유만으로도 호감이 간다.

겉만 보고 판단하면 안 되지만, 겉만 보고 반해서 그냥 들어가고 싶어졌던 곳, 카페 이진리.

그럴듯한 간판이 없어도 얼굴이 명함이시네요, 같은 영업용 멘트처럼 이곳은 외관 자체가 카페의 시그니처가 되는 그런 곳이다.

구옥의 원형을 거의 그대로 남겨놓은 채 최소한으로만 리모델링한 이 카페는 입구 대문부터 오래된 가옥 특유의 감성이 묻어나는 아치형 구조여서 포토존으로도 유명하다.

카페 이름도 좀 독특했다. '쉽게'라는 뜻과 '가장 좋은'이라는 뜻을 지닌 'easily'라는 카페 이름은 '우리의 일상을 쉽고 가치 있게 만든다'라는 뜻을 담고 있다.

그리고 신기하게도 현재 대표를 맡고 있는 이진리 대표의 이름과도 같다. 대표님이 실장이었던 시절에도 이름 때문에 본인을 사장님으로 생각하는 손님이 많았다고 하는데, 이 카페의 주인이 될 수밖에 없는 운명을 지닌 스토리를 가진 듯해서 재밌다.

밖에서 볼 때와 달리 카페 공간은 생각보다 내부가 넓다.

구옥의 구조를 그대로 남겨두어, 넓은 홀이 있는 게 아니기 빙긔 기밑 둥으로 사용되던 공간이 다 분리되어 있어 더 매력적이다. 단골손님 중에는 자기가 좋아하는 자리에 다른 손님이 앉아 있으면 바로 나가버리는 사람도 있다고 하는데, 그럴 수도 있겠다 싶을 만큼 이 카페의 공간은 자리마다 느낌이 다 다르다. 그러니 저마다 선호하는 자리가 생길 법도 하지. 곳곳엔 레트로 감성이 물씬 느껴지는 소품들로 아기자기하게 채워져 있다. 하나같이 섬세하고 예뻐서 이곳엔 사진 찍는 사람이 유난히 많다.

이 카페의 시그니처 메뉴는 후추라떼인데, 후추와 라떼라는 낯선 조합 때문에 메뉴판에서 가장 먼저 시선이 가게 된다. 기대 반 걱정 반으로 후추라떼를 먹어봤는데, 후추와 크림, 커피의 오묘한 밸런스가 참 잘 어우러져 독특한 매력이 느껴지는 음료였다. 커피에 다른 재료가 들어간 음료는 선호하지 않는 편인데, 이 후추라떼는 가끔 생각날 만큼 매력적인 맛이어서 이곳에 오면 거의 후추라떼를 주문하게 된다. 이 독특한 커피 덕에 이곳의 마니아가 많다고 한다.

'우리는 잘할 수 있는 것만 한다'는 모토로 운영되는 카페여서 그런지, 에스

프레소용 원두는 프릳츠의 올드독을 사용 중이고, 핸드드립 메뉴는 유명한 다른 카페들의 원두를 시즌마다 엄선해 사용하고 있다.

직접 구워 만드는 마카다미아를 쏟아부은 듯한 빅 사이즈의 쿠키와 후추타르트도 커피와 함께 먹으면 맛있고, 음료에 서비스로 나오는 오트밀 사탕도 '이건 뭐지?' 하며 바로 인터넷으로 검색해볼 만큼 맛있다.

easily 로고기 새겨긴 대나무 빨대, 머그컵 등 이곳의 감성에 맞는 다양한 굿즈들도 판매한다. 그리고 틈틈이 백화점이나 다른 업체들과의 재미난 콜라보를 진행하기도 한다.

커피도 디저트도 굿즈도 다 매력적이긴 하지만, 무엇보다 가장 매력적인 건 이 카페의 공간 자체가 주는 독특한 아우라다.

카페 문을 열고 들어서는 순간부터 뭔가 다른 시간에 와 있는 듯한 기분이 들게 하는 이곳.

따뜻한 빛의 조명으로 아늑한 분위기와 함께 창밖으로 보이는 소박한 동네 풍경까지 더해져 참 마음이 차분해지고 따뜻해지는 곳이다.

비 오는 날에 오면 특히나 더 짙은 이곳만의 감성이 느껴지는데, 그래서인지 그런 날이면 유난히 손님이 많아서 오래 앉아 있기 미안해질 정도다.

만약 내가 강릉에 관광객으로 와서 이곳의 수많은 카페 중에 우연히 이진리 카페를 방문하게 된다면, 정말 보석을 발견한 기분이 들 것 같다. 그리고 나만 아는 카페로 남겨두고 싶어서 소문도 내지 않을 것 같다.

이진리 카페는 바다를 앞에 둔 압도적인 뷰로 사람들의 발길이 끊이지 않는 시끌벅적한 카페가 아니라, 조용히 앉아서 분위기 있는 음악과 함께 강릉의 찐 감성을 느끼며 커피를 마시기에 딱 좋은 그런 카페다.

현지인처럼 강릉을 여행하고 싶은 이들에게 추천한다.

색다른 분위기의 카페
•

즈므 로스터리

서부시장 한켠에 위치한, 한눈에 시선을 사로잡는 분위기 있는 카페, 즈므 로스터리. 서부시장 바로 옆인데 시장과는 다른 느낌으로 자리하고 있다. 한 낮의 해가 길게 들어오는 카페의 내부 모습도 참 예쁘지만, 해가 지고 난 뒤 어둑해지는 시장 주변을 홀로 꿋꿋이 불을 밝히고 있는 이곳이 그렇게 예뻐 보일 수가 없다.

아이들 때문에 종종 가던 도서관 바로 옆이어서 이 카페의 존재는 진작 알고 있었지만, 정작 가게 된 것은 카페 관련업을 하는 지인의 진정 어린 추천사를 듣고 나서였다. 사장님이 원두를 일일이 핸드픽하는 모습을 본 적이 있다며 그렇게 정성껏 원두를 다루는 사장님은 처음 본다고 꼭 가보라는 얘기를 듣고서야 가게 된 곳이었다.

정성을 다해 로스팅한 원두 맛이 궁금하기도 하고 마침 원두도 떨어져서 추천해준 다음 날인가 바로 사러 간 것 같다. 원두를 구매하면 서비스로 주시는 에스프레소도 난생처음 마셔봤다. 마감 전날처럼 쓰디쓴 맛이었다. 처음 커피를 마시는 사람인 양 이건 무슨 맛으로 먹어야 하는 걸까를 생각하며 한참을 나눠 마셨다.

한 번에 털어 넣어야 할 에스프레소를 홀짝거리며 나눠 마시는 동안 그곳에서 누렸던 시간의 첫인상을 기억한다. 해 질 녘 그 공간의 느낌과 은은하게 공간을 채우는 음악 그리고 매장 한켠에 큐레이션된 책들이 모두가 한 세트인 것처럼 참 잘 어울렸었다. 생애 첫 시도였던 에스프레소를 겨우겨우 마시고 나가려는데 카운터 옆 디저트가 자꾸 눈에 밟혔다.

비린 맛이 강렬했던 첫 에그타르트에 대한 트라우마로 단 한 번도 내 손으로 사 먹어 본 적 없었는데, 이곳의 에그타르트는 이상하게도 그날따라 유난히 맛있어 보였다. 그렇게 집어 든 에그타르트. 즈므 로스터리가 아니었더라면 나는 하마터면 에그타르트는 내 입맛에는 안 맞는 디저트라고 오해하며 평생을 살 뻔했다.

한번에 서너 개도 먹을 만큼 맛있는 이곳의 에그타르트와 산미가 좋은 커피는 내 취향과 잘 맞았고, 그날부터 나는 이곳의 팬이 되었다.

즈므 로스터리는 커피를 담당하는 조용남 대표와 디저트를 담당하는 김영애 대표가 함께 운영하고 있다. 디저트 담당인 김영애 대표는 호주에서 오랫동안 살다가 한국에 온 해외파. 이미 수백 개의 카페가 존재하는 이곳 강릉에서 또 하나의 카페를 시작하게 된 이유가 궁금했다.

강릉에 카페가 많은 것은 사실이지만, 그들의 취향과 딱 맞는 곳은 찾지 못했다고 한다. 그래서 그들하고 취향이 비슷한 사람들과 공감하고 싶고, 좀 더 새로운 커피를 알리고 싶어 시작하게 된 즈므 로스터리. 복잡한 도시보다는 호주와 느낌이 비슷한 느긋하고도 조용한 생활환경과 아름다운 바다와 자연이 있는 강릉에 정착하고 싶었다는 그들. 그런 그들의 성향은 직접 찍은 사진으로 만든 엽서나 원목 색감으로 따뜻한 분위기를 자아내는 인테리어, 그리고 조용히 흐르는 카페 음악에서도 조금은 짐작된다.

이곳에서 마셔본 원두들 중에 특별했던 건 케냐 원두였는데, 보통의 케냐 원두에서 맛보던 강한 쓴맛이 아니라 산뜻한 산미가 인상적이었다. 케냐 원두는 특별히 조용남 대표가 애정을 갖고 있는 원두였다. 대부분의 커피 산지에서 유통업자들만 돈을 벌고 농부들은 정당한 수익을 얻지 못하는 불합리한 구조로 커피가 생산되고 있는 데 반해, 그 유통구조를 바꾸려는 노력을 기울이고 있는 회사의 원두를 사용하고 있기 때문이다. 그것이 바로 케냐 웅다로니이 원두로, 비록 아직 작은 움직임일 뿐이지만 이런 것들이 모여 큰 흐름이 만들어질 것이라 기대하면서 꾸준히 노력하고 있는 중이다.

머리로 이해되고 가슴으로 느껴져도 직접 실천에 옮기는 게 쉽지 않은데 자신의 업에서 발견한 부조리를 해결하기 위해 마음을 담아 실천하는 모습에 작지만 깊은 울림이 느껴진다.

이러한 그들의 취지가 손님들에게도 잘 전달되도록 시즌마다 출시되는 원두들에 스토리를 입히고 디자인해서 패키지에 미니 엽서로 담아낸다. 작은 로스터리 카페에서 이런 일련의 일들을 꾸준히 해오고 있다는 것이 참 놀랍고 그 부지런함에 볼 때마다 감탄하곤 한다.

카페 사장님들이 커피를 대하는 방식은 수많은 카페만큼이나 다양한데, 조용남 대표는 소위 장인정신이라든가 하는 것을 별로 좋아하지 않는다. 과학적으로 정확한 측정에 의해 힐링하게 내려지는 이곳의 필터 커피들. 그래야만 원두를 사가는 손님들도 집에서 동일한 맛으로 마실 수 있을 거라는 생각에서다. 그리고 원두가 맛있으면 어떻게 내려도 커피는 맛있을 수밖에 없다는 게 그의 지론이다.

커피뿐만 아니라 또 특별한 게 있는데 바로 디저트다. 어떤 종류의 디저트이건 좋은 재료를 사용한 만큼, 그리고 오랜 경력에서 나온 만큼 정말 탁월하게 맛있다. 늦은 오후에 가면 대부분 품절되어 사기도 힘든 이곳의 디저트는 많은 이들의 사랑을 받고 있다.

이들의 꿈은 소박하다. 좋은 맛과 향의 커피를 편안한 분위기에서 즐길 수 있는 카페를 만들고 싶다는 것. 지금까지 애초에 원했던 방향으로 가고 있어 다행이라고 생각한단다. 앞으로도 커피를 좋아하는 누구라도 편하게 와서 즐길 수 있는 공간이었으면 하는 소박한 바람을 이야기한다.

단골손님의 아기가 어느덧 커서 유치원생이 된 모습을 보는 것, 손님들이 이곳의 커피와 디저트가 맛있다며 소곤거리는 소리를 듣는 것. 자신들이 꿈꾸었던 공간을 통해 많은 이들을 만나고 좋아하는 일을 하면서 시야를 넓혀가는 그들의 하루하루가 참 밀도 있게 느껴진다.

앞으로 또 누군가에게 처음 맛보는 커피, 처음 먹어보는 생애 최고의 디저트를 경험하게 해줄 이곳. 강릉에 있는 수많은 카페 중에서 디저트 맛집으로 갈지 커피 맛집으로 갈지 어느 것 하나 양보할 수 없을 때 즈므 로스터리로 가길 추천한다. 나른한 오후의 감성도 너무나 좋고, 어둑해진 저녁의 따뜻한 조명 빛 가득한 감성도 특별하다. 어느 때에 가더라도 한번 자리에 앉으면 쉽게 일어날 수 없는 매력이 있는 이곳.

로컬 감성 가득한 서부시장 뷰와 함께 한가롭고 평범한 강릉의 일상을 특별한 커피와 누리기를 원하는 이들에게 이곳을 권한다.

3장

낭만이 가득한 소중한 공간

노암터널

작년 초여름 무렵에 잠시 작업실로 쓰던 공간이 노암동에 있었다.

작업실의 통유리창으로 바라보는 바깥 풍경이 참 고요하고 평화로워서 그림 그리다 말고 한참을 쳐다보며 있는 시간이 많았다. 나도 이렇게 보기만 해도 마음이 평화로워지는 그림을 그릴 수 있다면 참 좋겠다고 생각했다.

월화거리와 이어지는 산책로가 작업실 바로 앞에 있었다. 강릉에 산 지 십년이 훨씬 지났지만 처음 와본 곳이었다. 옛 철길을 산책로로 만들어놓았는데, 딱 철로만 한 너비의 산책로를 걷다 보면 오솔길을 걷는 것 같은 기분도들고 참 정답다. 이 예쁜 산책로를 따라 조금만 걷다 보면 노암터널이 나온다.

터널 하면 어둡고 긴 터널이 먼저 떠오르지만, 이곳은 들어서자마자 반대편 출구의 환한 빛이 보이는 짧은 터널이다.

그래서 혼자 터널 안으로 걸어들어가더라도 무섭지 않아서 좋다.

낭만이 가득한 소중한 공간

어둑한 터널 안에서 반대편 출구 밖, 햇빛으로 찬란하게 빛나는 산책로를 바라보며 걷는 기분은 생각보다 꽤 근사하다. 아치형의 출구 모양이 그대로 프레임이 되어 바깥 풍경이 그림 한 점으로 보이기도 한다. 이렇게 조금만 귀 기울이고 눈여겨보아도 언제 어디서나 자연이 우리에게 선사하는 아름다운 작품을 감상할 수 있다니!

오래 시간 동안 수많은 사람이 기차를 타고 지나가던 이 거리.
터널의 벽면에서는 그 세월과 삶의 무게가 그대로 묻어나는 것 같다.
시간이 만들어낸 이 터널의 매력적인 색감 덕분에 대충 사진을 찍어도 꽤 근사한 사진이 나온다. 노암터널을 검색하면 이곳을 찍은 사진들이 꽤 많이 보이는데, 독특한 색감과 구도 덕에 작가들이 찍은 사진이 아니어도 작품 같 은 사진들이 꽤 있다.

하마터면 이렇게 멋진 곳을 모르고 살 뻔했다는 사실에 아찔해진다.
아직 내가 발견하지 못한 강릉의 보석 같은 곳이 얼마나 많을는지.

언젠가 이곳에서 전시회를 한다면 참 좋겠다는 바람을 가져본다. 터널이 존 재했던 시간만큼 이곳을 지나던 수많은 사람들의 삶이 느껴지는 그림들이면 더 좋겠다.

이 터널에 기차가 지나가던 시절에는 모든 게 지금보다는 느리고 불편하기 도 했겠지만, 느리기에 누릴 수 있었던 것들은 아마도 지금보다 더 많았을 것 같다는 생각이 든다. 조용히 혼자 산책하다 보면 새소리도 들리고, 길가에 핀 소박한 꽃들도 더없이 찬란해 보이는 이곳.

조금 느리게, 조금 천천히 삶을 살아보고 싶을 때 노암터널을 한번 걸어보기를.

낭만이 가득한 소중한 공간

무명

무명의 안주인은 자신의 이름을 수풀림이라는 닉네임으로 써달라고 했다. 그녀는 듣기만 해도 기분 좋아지는 싱그럽고 예쁜 이름을 갖고 있었다.

수줍은 듯 자신의 이름을 말하며 오래전 어떤 책에서 읽은 글귀, "누가 나를 알아볼까 봐 두렵지만, 정작 아무도 나를 몰라주는 건 서운해진다"는 문장이 자신과 꼭 닮아 있다고 했다. 사 년 전 강릉으로 이주해온 자신의 이름을 낯선 이곳의 누군가가 알아볼까 걱정된다는 수풀림, 그리고 그녀의 든든한 조력자 아슬라. 두 사람은 어쩌면 그들과 가장 어울리는 이름, '무명'으로 홍제동에 있는 아담한 주택에 단편영화상영관을 만들었다.

無明. 한자 그대로 풀면 빛이 없다는 다소 부정적인 뜻 같지만, 어둠 속에서 빛을 찾아간다는 의미를 지녔다. 상영관의 어두움 속에 홀로 빛을 내며 상영되는 영화를 비유하는 것 같기도 하다. 무명이라는 이름 자체도 참 좋았지만 디자이너인 수풀림 씨가 직접 쓴 무명이라는 글씨가 너무 마음에 들었다.

이곳에서는 강릉에서 제작한 단편영화를 요일별로 다르게 상영하고, 영화는 매달 새롭게 업데이트되고 있다. 보통의 영화관람료에도 못 미치는 비용으로 단편영화 한 편에다 음료 한 잔을 마실 수 있으며, 예쁘고 사랑스러운 무명의 공간을 카페처럼 누릴 수도 있다.

강릉에 특별한 공간들이 있기는 하지만, 주택을 기반으로 한 단편영화 상영관은 처음 보는 터라 신기하기도 하고 궁금하기도 해서 오픈하고 얼마 되지 않아 냉큼 찾아갔다.

대문 밖에 내놓은 작은 입간판이 없었더라면 그냥 지나칠 뻔했을 만큼 겉에서는 평범한 일상이 있는 보통의 주택처럼 보였다. 오랜 세월이 느껴지는 철문을 열고 들어서니 어린 시절 친구 집에 놀러 가던 때가 생각났다. 대문과 현관 사이 그 짧은 거리를 몇 발자국 걷는 동안, 어린 시절의 따뜻한 기억들이 마당에 내리쬐는 햇살처럼 마음속으로 쏟아졌다. 예약을 하고는 왔지만, 남의 집에 불쑥 들어가는 것 같은 느낌에 현관문 열기가 망설여졌다. 주택 같은 카페에 들어가는 느낌과는 전혀 달랐다. 이러지도 저러지도 못하는 나를 집 안에서 알아채고 문을 열어줬다. 수풀림과 아슬라 그리고 처음 본 나를 십 년 만에 본 친구라도 되는 것처럼 격하게 환대하는 반려견, 와플이. 와플이 덕분에 처음 본 사람끼리의 어색한 대면의 순간이 단번에 화기애애해졌다.

밖에서 보는 무명과 집 안에 들어와서 보는 무명은 전혀 달랐다. 인테리어에 원목을 주로 사용해서 따뜻하고 감성적인 느낌이 들었다. 원래 이 집이 갖고 있던 구조는 그대로 유지하고 있어서 가정집 느낌도 나는데, 잘 꾸며진 카

폐 같기도 했다, 그리고 집 안으로 들어서는 순간 느껴지는 시원한 허브 향도
이 공간에 감성을 더해주었다.

1층은 무명의 라운지처럼 사용되는 공간이긴 하지만 수풀림, 아슬라 부부
가 실제로 거주하는 그들의 집이다. 자신들의 사적인 영역이 공적인 영역으로
공유되고 있었는데, 어떻게 이 쉽지 않은 일을 시작하게 된 걸까?

처음엔 그저 자신들이 살게 된 주택이 너무 좋아서 이 공간이 지닌 그 따뜻
한 감성을 공유하고 싶은 마음이 컸다고 했다. 공유할 방법을 찾다가 마침 옥
상에 다락방이 있으니 거기서 단편영화들을 보여주면 좋겠다는 생각을 하게
되었다고.

이곳의 콘셉트는 그냥 편하게 친구 집에 놀러 가서 영화 한 편 본다는 기분
으로 오는 곳이라고 했다. 친구네 집이라고 하기엔 너무 예쁜 공간이어서 체
감이 잘 안 되긴 하지만 만든 이들의 의도는 어쨌든 그렇다.
자신들은 가볍게 즐기는 마음으로 시작한 일인데, 강릉의 단편영화 상영관
이라고 하니 대단한 사명감으로 이곳을 운영하는 것처럼 자신들을 바라보는
이들도 종종 있어 조금 부담스럽다고는 했다.

그저 우연한 기회에 만나게 된 강릉의 단편영화들이 이들은 참 좋았다고
고백했다. 십오 분에서 이십 분 정도 되는 짧은 영화들은 보는 이로 하여금 영
화에 대해 해석할 여지를 더 많이 주는 것 같다고. 그리고 짧다 보니 여러 번

낭만이 가득한 소중한 공간

99

다시 보는 경우가 많은데, 볼 때마다 다르게 보여서 더 매력적으로 느껴졌다고 했다.

자신들이 누리고 있는 주택의 감성이 좋아서 함께 공유하기를 결심했던 것처럼, 강릉의 단편영화들이 주는 매력이 좋아서 상영관을 만들게 된 이들.
옥상의 다락방에 만들어진 소박한 상영관은 아래층 라운지만큼이나 아늑한 감성이 느껴졌다. 다섯 명이 최대 수용 인원인 이곳은 모르는 사람끼리 오면 조금 어색할 만한 공간이긴 하지만, 여행지에 온 만큼 여유가 있기에 불편함도 자연스럽게 감수할 수 있을 것 같다. 짧은 단편영화들이기에 집중해서 보다 보면 순식간에 끝이 난다.

이곳을 찾는 이들은 주로 여행자들이다. 영화가 좋아서 오기도 하고 특별한 공간을 경험하며 여행을 더 알차게 보내려고 오기도 한다. 혼자 오는 사람들이 특히 많은 편이고, 가끔 가족 단위로도 온다. 그중에서도 엄마와 딸 단둘이 여행 와서 이곳을 방문하는 경우가 가장 많다고 했다.

한번은 오직 무명에 오기 위해서 강릉으로 여행 왔다는 손님이 방문했다고 한다. 이 공간에 대해 자신들보다 더 많은 의미를 부여하며 그렇게 찾는 이들을 보면 그저 고마운 마음뿐인데, 한편으론 자신들의 부족한 공간이 그렇게 사랑받고 있는 것이 신기하게 느껴지기도 한다고.

손님들은 영화를 관람하고 난 후에 무명 라운지 공간에서 차를 마시며 영화에 대한 감상이나 이런저런 얘기들을 나누기도 한다. 처음 만난 사이이지만 한번 대화의 물꼬가 트이면 긴 시간 대화를 이어가기도 한다. 여러 번 그런 경험을 하며, 이곳에 영화를 보러 오긴 했지만 사람 대 사람의 진정한 소통의 시간도 그만큼이나 필요했던 게 아닐까 생각하게 된다는 수풀림 씨.

낯선 사람들의 온기가 끊임없이 스쳐가는 이곳. 이렇게 예쁜 공간에서 매일을 살고 있는 사람은 이곳의 어떤 점이 가장 좋은지 궁금했다. 수풀림 씨는 집 마당에 있는 감나무가 제일 좋다고 했다. 자신은 아무것도 해준 게 없는데, 잎이 나고 꽃이 피고 튼실한 감을 주렁주렁 열어 선물하는 감나무가 그렇게 고마울 수가 없다고. 거실에 앉아 흔들리는 감나무 가지와 잎사귀를 바라보고 있노라면 그렇게 평화로울 수가 없고, 바람 부는 날 후드득 떨어지는 감꽃을 바라보면 어떤 이의 표현대로 감나무에서 별이 쏟아지는 것 같기도 하다고. 그녀의 이 같은 이야기들을 들으며 이런 감성의 소유자가 만든 공간이기에 이렇게 따뜻하고 예쁘게 만들어졌구나 싶었다.

강릉의 바다를 너무나 사랑하는 남편 아슬라 씨는 강릉에 온 지 몇 년이 흐른 지금도 여전히 일주일에 두세 번씩은 바다를 찾는다고 한다. 늘 그 자리에 있는 한결같은 바다인데도 늘 보고 싶어지는 것처럼 소박하고 예쁜 집에서 이 집을 꼭 닮은 두 사람이 운영하고 있는 영화상영관, 무명. 이곳도 많은 이들에게 그렇게 사랑받는 공간이 되었으면 좋겠다.

좀 더 특별한 강릉 여행을 하고 싶은 이들에게 이 공간을 추천한다.

낭만이 가득한 소중한 공간

파란 책방

그는 파란색을 좋아하는 사람이었고, 나는 파란색을 좋아하는 사람이 만든 파란 책방을 보고 반한 샙그린색을 좋아하는 사람이었다.

내가 좋아하는 색에 대해서 잠시 생각하게 할 만큼 자신이 사랑하는 색의 이미지가 그렇게 강렬하게 느껴지는 사람을 만난 건 처음이었다.

강원도 양양군 현남면 북분리 바닷가.

이 작은 마을에 위치한 파란 책방을 강릉에 살고 있는 내가 알게 된 건 참 고마운 일이다.

코로나 확진자 소식에 마음이 움츠러들던 작년 겨울의 어느 날, 북분리에 살고 있는 지인의 소개로 파란 책방을 처음 만났다.

한겨울의 바닷바람은 매서웠지만, 나른하던 정신이 번쩍 들 만큼 상쾌해서 좋았다.

북분리 솔숲을 조금 걷다 보니 저만치 파란 책방이 보였다.

낭만이 가득한 소중한 공간

한여름에는 시원하게 보였을 아담한 파란색 컨테이너가 한겨울 바다 앞에서 따뜻하게 느껴졌다. 어닝에는 파란색 스트라이프 패턴이 있었고 의자도 파란색이었다. 나무로 만들어 세워놓은 간판도 역시나 파란색이었고, 안내판 역할을 하고 있는 캐리어도 파란색이었다. 그리고 closed라고 써진 흰색 글씨가 아쉽게 내 눈에 들어왔다.

그 정도면 너의 마음은 충분히 알겠다고 파란색이 나서서 만류할 것 같은, 온통 파란색이던 이곳.

파란 책방의 운영자는 영화 〈그대 안의 블루〉와 〈시월애〉 그리고 〈푸른 소금〉의 이현승 감독이다. 영화 제목에도 스며들어 있을 만큼 그가 가장 좋아하는 색은 파란색이고, 그래서 어쩌면 당연하게 이곳의 이름도 파란 책방이 되었다.

어린 시절 그는 서울 세검정에서 살았다. 그곳엔 종이를 만드는 공장이 있었다고 한다.

그리고 종이를 널어 말리는 가파른 언덕이 있었는데, 그곳에 누워 하늘을 바라보는 것이 그의 자연스러운 일과 중 하나였다. 그때 누워서 바라보던 하늘의 수많은 파란색이 그의 시각으로 고스란히 들어와 마음 한켠에 켜켜이 쌓여갔다.

그 시절 마음에 스며들었던 하늘의 색, 파란색은 지금까지도 그리고 앞으로도 오래도록 그와는 떼어놓을 수 없는 사이가 될 터였다.

모든 색은 하나의 심상만을 가지는데 파란색만큼은 빛과 그림자, 밝고 어두움이 공존하는 매력적인 색이라 했다. 대학에서 시각디자인을 전공한 그답게 색에 대한 강박적인 예민함이 느껴졌다. 그의 파란색에 대한 애정을 증명하듯 그는 파란 외투를 걸친 채 파란 테이블을 앞에 두고 있었다. 또 그와 관련된 기사들에 등장하는 사진에서는 어김없이 파랑 계열의 옷을 입은 그의 모습을 확인할 수 있었다. 몸 어딘가에 파란색으로 문신을 한다 해도 전혀 이상하지 않을 만큼 그의 파란색에 대한 집착 같은 애정은 파란색답지 않게 강렬했다.

그러하기에 파란 책방은 기필코 파란 책방이 될 수밖에 없는 곳이었다.
그는 어떤 연유로 이곳에 와서 이런 공간을 만들게 된 걸까.

그가 양양에 처음 온 것은 2013년이었다. 하와이 와이키키 해변에서 처음 서핑의 매력을 경험한 그가 늘 버킷리스트처럼 삼고 있던 서핑을 다시 하게 된 것이 이곳, 지금은 한국의 와이키키라고 불리는 양양에서였다. 그가 서핑을 하던 무렵에는 양양으로 서핑하러 간다는 말을 친구들도 믿지 않을 만큼 이곳이 서핑의 성지로 알려지기 전이었다. 시간이 날 때마다 이곳으로 서핑을 하러 오가다 결국 그는 2014년 가을, 서핑을 위해 이곳으로 이주했다. 자신이 하고 싶은 일에는 늘 주저함이라는 어리석음을 범하지 않는 그였다.

서핑은 기다림이라고 그는 말했다. 파도가 좋은 날을 기다려야 하고, 그 파도 중에서도 내가 감당할 수 있는 파도를 기다려야 하며, 내게 맞는 파도라 해도 다른 서퍼들을 배려하기 위해 눈치껏 내 차례도 기다려야 한다는 거였다.

낭만이 가득한 소중한 공간
•

내겐 벅찬 것임을 알면서도 좋은 파도를 놓치기 싫어 욕심내서 타다가 고꾸라지기도 하고, 내가 충분히 탈 수 있는 파도인데도 주저하다 놓쳐버리기도 한다. 우리네 삶과 닮아 있는 부분이 많아서 라이프와 스포츠를 합친 단어, 라이포츠라고 불리기도 한다는 서핑.

이현승 감독은 파도가 좋지 않은 날이나 서핑을 더 이상 할 수 없는 시간에 서퍼들이 머물 만한 공간이 있었으면 좋겠다는 생각에 파란 책방을 만들었다. 처음엔 인구해변에 있었다고 한다. 파도를 탈 수 없는 날, 하릴없는 서퍼들은 이곳에 와서 책을 뒤적거리며 읽기도 하고, 이런저런 책 수다를 떨다가 삶을 이야기하기도 하며 이곳을 즐겼다.

하지만 언제부턴가 인구해변이 붐업되면서 기대감에 들뜬 자본이 이 차분하고 소박했던 바닷가 마을에 쏟아져 들어오기 시작했다. 그러자 이현승 감독은 사람들로 북적이는 그곳이 책방과는 어울리지 않는다고 생각했다. 그리고 2019년에 솔숲이 아름다운 작은 해변 북분리로 옮겨왔다.

이곳은 주로 여행이나 예술 혹은 인생에 대해 생각할 수 있는 책들로 채워져 있다고 했다. 나는 이곳이 이미 겨울잠(동절기 휴무 기간)에 들어간 이후에 방문하는 바람에 파란 책방 내부는 누려보지 못했지만 파란 책방 앞 해변 모래밭에 설치된 예술작품은 다행히도 체험하고 감상할 수 있었다.

태풍 마이삭 때 떠내려온 나무들로 세워진, 세상에서 가장 쓸쓸해 보이는 나무 트리, 그리고 클린비치의 전리품으로 만들어진 듯한 바다로 걸어가는 슬리퍼 발자국들, 또 겨울잠 기간이 없는 미니 책방과 아날로그 TV 네 대로 만들어진 이 설치예술은 그가 해변가에 흩어진 나무조각들을 모아서 만드느라 오랜 시간 공들인 〈캐스트 어웨이 비치〉라는 작품이다.

〈캐스트 어웨이〉는 무인도에 홀로 남겨진 고독한 한 인간의 생존과 탈출이라는 큰 서사 위에서 여러 질문을 던져주던 영화로 기억한다. 온전히 나 홀로 있는 그 완벽한 자유도 사실 여러 선택지 중에서 스스로 선택한 것일 때라야 비로소 의미 있는 자유가 된다는 사실도 깨닫게 해준 영화.
자유를 좇아 지금껏 살아온 그가 만든 해변의 설치 작품이 (좀 다른 의미의 자유이긴 하지만) 자유로부터 치열하게 벗어나려는 영화의 제목을 따와서 붙였다니, 그 아이러니가 문득 재밌게 느껴졌다.

자유. 파란색만큼이나 그를 지배하는 또 하나의 키워드. 자유를 상징하는 색이 파란색이라는 도식이 그를 위해 만들어진 건가 싶을 만큼 그가 사랑하는 것들은 어떻게 다 그렇게 일맥상통하는지.
내 뜻과 다르게 외적인 것에 의해 만들어지는 삶보다는, 내가 진짜 원하고 좋아하는 것을 하며 내면에 충실하게 살기 위해 홀로 이곳에 와서 자유로운 심플라이프를 살아가고 있는 그. 다른 선택지를 기꺼이 포기하고 택한 자유여서 그런지, 그가 누리고 있는 자유는 어쩐지 더 값져 보인다.

모든 것에 자족하며 누리고 살아가는 그가 이곳에서 바라는 것이 있다면 로컬 커뮤니티의 회복이다.
어린 시절 동네 이웃 어른들이 학교 가는 그를 보며 차 조심하라고 자연스레 인사를 건네던, 옆집에 누가 살고 그 골목에 누가 사는지를 당연히 알고 서로 안부를 묻던 그 시절의 공동체성의 회복을 조용히 꿈꾼다. 코로나 전에는 서핑이 좋아서 해외의 해변들을 여행하며 지내곤 했던 그는, 겨울이면 호주의 해변에서 대부분의 시간을 보냈다고 한다. 그곳 해변가에는 아이들의 모습을 보기 힘든 이곳과는 달리, 모든 세대가 다 공존하며 공동체를 이루어 살아가고 있었는데 그 모습이 참 부러웠다고.

지역소멸이나 초고령화 사회가 이슈가 된 지 오래인 이곳에서 어린 시절 느꼈던 그런 공동체로서의 회복을 경험했다고 한다. 바로 양양의 서퍼들과의 관계에서였다.

서핑을 하다 보면 직업도 나이도 상관없이 친해지기 쉽다고 하는데, 지나가다 우연히 만나면 선뜻 차 한 잔을 권하는 따뜻한 이들. 밥 먹다가 그냥 숟가락 하나만 더 얹어서 예정에 없던 식사를 같이하게 되는 그런 일상의 모습들이 자연스레 연출되는 이곳에서 어린 시절 느꼈던 감성과 같은 결이 느껴진다고 했다.

이곳 파란 책방이 자연스럽고 느슨한 로컬 커뮤니티를 만들어내는 그런 공간이 되었으면 한다고 했다. 사람들이 이곳을 편하게 오고 가고, 책을 읽다가 서로의 삶을 읽기도 하는 그런 커뮤니티의 공간. 또 우연히 온 여행자가 이곳에 와서 책을 통해 다시 책 속으로의 여행을 떠나게 되는 그런 통로가 되는 곳.

지금은 모든 것이 코로나로 인해 정지된 상태이지만, 이 작은 마을에서의 이런 시도는 결코 작지 않아 보였고, 고개가 절로 끄덕여지며 함께 응원하는 마음도 우러나왔다.

이현승 감독은 파란 책방을 시작하기 전에 이미 이곳에서 바다를 배경으로 스크린을 걸어 영화를 감상하는 그랑블루 페스티벌을 열기도 했고 그 밖의 다양한 시도들을 지역에서 꾸준히 해오고 있었다. 재작년에는 100퍼센트 로컬 시네마로 죽도해변에서 촬영한 영화 〈죽도 서핑 다이어리〉를 제작하기도 했다. 수익이 있을 리 없는 파란 책방이지만 사비를 털어 파란 책방 수익금 명목으로 지역인재육성 장학금도 기부했다는 그를 보며 이 지역에 대한 진지한 애정과 함께 책임감마저 느낄 수 있었다.

내가 하고 싶은 것만 하며 싫어하는 것은 하지 않을 자유를 누리며 사는 사람이 이 세상에 과연 얼마나 될까. 지극히 소수만이 택한 그 길을 걸어가고 있는 사람을, 너도 그렇게 살 수 있다고 말없이 어깨를 한 번 쳐주는 사람을 나는 파란 책방 덕분에 만났다.

코로나로 언제 다시 그곳이 문을 여는지 모르겠다. 그렇다고 열릴 때만을 기다릴 필요는 없다. 닫힌 책방이라 할지라도 그저 그 공간이 거기에 있는 것만으로도 느껴지는 것들이 꽤 많으니까 말이다.

한겨울의 시리고 아름답던 그곳의 감성을 기억하고 있는 나는 다른 계절에 갔다가 원래의 기억이 희미해질까 걱정도 되지만, 그가 가장 좋아하는 뜨거운

낭만이 가득한 소중한 공간

여름의 파란 책방도 꼭 경험해보리라 마음먹는다.

잠시나마 그가 만든 세계 속에 머물며 나도 조금은 자유로운 삶을 흉내라도 낼 수 있게 되지 않을까 기대하면서 말이다.

씨마크 호텔 로비

이곳에 와서야 알았다.

같은 바다라도 어디서 보느냐에 따라 얼마나 달라질 수 있는지를.

씨마크 호텔 로비에서 바라본 바다는 내가 실내에서 바라본 바다 풍경 중에 가장 압도적이고 아름다웠다.

사실 로비에 들어서면 시각과의 미묘한 시차를 두고 후각이 먼저 반응한다. 강릉의 바다를 모티프로 한 향기, '오션(ocean)'이라는 이름의 향이 내가 씨마크 로비에 왔음을 알게 한다. 이 공간을 위해 특별히 만들어진 향이라고 한다. 때론 시각보다 후각적 요소가 어떤 공간을 규정하는 데 더 중요하게 작용할 때가 있다. 어떤 공간만의 향이 있는 디테일을 특히 좋아해서, 나는 이 공간을 항상 이 향과 함께 기억한다.

은은한 이곳의 시그니처 향과 함께 로비 전체에 스며들듯 낮고 잔잔한 클

낭만이 가득한 소중한 공간

래식 음악을 청각으로 느끼며 로비로 걸어들어간다. 이제 시각이 가장 격렬히 반응하는 시간이다. 정면의 통창으로 바다가 한눈에 들어온다. 아니, 사실 한 눈에 들어올 수 없을 만큼 넓게 펼쳐져 있어서 먼저 파노라마 사진을 찍듯이 천천히 좌우로 훑어본다. 그리고 가장 마음에 드는 포인트를 찾고는 한참을 응시한다. 내 눈앞에 펼쳐진 이 비현실적인 풍경 앞에서 일순간 나는 망연자 실한 사람처럼 서 있게 된다.

이곳을 보기 전까지는 창이나 프레임에 가려진 풍경은 실제가 주는 감동을 능가할 수 없다고 생각했었다. 하지만 이곳에서 본 강릉의 바다와 하늘은 프 레임 덕분에 오히려 거대한 자연과 콜라보한 하나의 설치예술작품이 된 것처 럼 기대 이상의 감동으로 다가왔다.

오랫동안 이 자리에서 사랑받았던 '호텔 현대'에서 새롭게 태어난 '씨마크 호텔'은 건축계의 노벨상이라 불린다는 프리츠커 상 수상자인 리처드 마이어 가 설계한 건축물로 개관 때부터 큰 화제가 되었다.
바다와 경포호수를 배경으로 한 백색의 건축물은 멀리서 봐도 아우라가 느 껴진다. 특히 밤에 경포호수에서 바라보는 씨마크 호텔은 호수 곁에 내려앉은 한 마리의 고니처럼 우아하다.

호텔 내부의 가구나 조명도 건축물 못지않게 고급스러운, 내로라하는 하이 엔드급이라는데, 문외한인 내가 봐도 설명이 필요 없을 정도의 품격이 느껴 진다.

로비에 들어서면 시선을 압도하는 엄청난 존재감의 롱 테이블이 놓여 있다. 일본의 모던 가구 디자인 업체인 '타임 앤 스타일'에서 400년 된 느티나무로 만들었다고 한다. 인간이 가늠하기도 어려운 긴 시간을 살아오다 테이블로 만들어진 느티나무. 이 테이블로 만들어지기 위해 그 긴 세월을 살아온 걸까 생각하면 조금 숙연한 마음이 들지만, 이 아름다운 공간에서 이렇게 엄청난 아우라로 오는 이들을 맞이하고 있으니 나무의 긴 생애에 가장 잘 어울리는 결말 같다는 생각도 든다.

가로 길이가 16미터나 되는 무척 긴 테이블이어서 그 길이를 빼곡히 채울 만큼 의자도 많다. 하지만 한 사람만 앉아 있어도 나머지는 여백처럼 비워둬야 할 것만 같은 생각이 들어 냉큼 앉기보다는 조금 기다리는 시간을 갖는다.

테이블과 맞춤 제작을 한 듯 조화로운 이곳의 의자는 스티브 잡스의 거실에 있었던 유일한 가구라고 한다. 조지 나카시마의 스트레이트 백체어다. 최첨단 IT 사업을 주도했던 이가 사용했던 단 하나의 거실 가구가 심플한 원목 의자라는 사실이 아이러니하게 느껴진다. 이 세상의 멋지고 좋은 수많은 의자를 다 가질 수 있었던 그에게 유일하게 선택된 그 의자가 바로 이곳에 있다 하니, 한 번은 앉아볼 일이다.

씨마크 로비의 또 다른 시그니처는 아름다운 조명이다. 빛의 마술사라 불리는 잉고 마우러의 〈골든 리본〉이라는 작품인데, 갈매기를 모티프로 했다고 한다. 〈골든 리본〉이 없는 씨마크 로비는 상상이 되지 않을 만큼 이곳과 잘 어울린다. 은은한 금빛의 아우라와 유려한 곡선미가 황홀해서 창으로 쏟아져 들어오는 빛이 엄청난 낮 시간보다는 해가 진 다음에 그 진면목이 더 잘 드러난다.

느티나무 테이블에 앉아 밖을 내다보면 오션 테라스라고 불리는 외부 공간의 유리 펜스 높이가 정확히 수평선과 맞아떨어지는 게 보인다. 건축가의 그런 디테일을 만날 때면 소름이 돋는 것 같다. 바다 중간을 가로지르거나 하늘 중간을 가로지르는 어정쩡한 높이의 거슬리는 펜스였다면 이곳에 앉아 밖을 쳐다보는 시간들이 과연 지금처럼 아름다웠을까.

오션 테라스 끝에는 작은 언덕이 있다. 가운데 벤치가 하나 있는데 멋진 소나무들을 배경으로 사진을 찍기 좋은 곳이어서 나도 이곳에서 인생샷 하나를 건진 적이 있다. 이 벤치는 1970년 무렵 이곳이 동해관광호텔이었던 시절에 다녀갔던 손님 덕분에 생겨났다고 한다. 시간이 훌쩍 흐른 후, 씨마크로 여행 온 그 손님이 전한 벤치 이야기 때문에 다시 만들어졌다고. 손님의 옛 추억 한마디에 벤치가 생겨난 셈이다. 그 시절, 그 자리에, 그 느낌 그대로 말이다.

고급스러움과 완벽함이 주는 차가운 이미지의 씨마크에서 갑자기 인간미 같은 게 느껴졌다. 작은 추억도 소중히 대하는 그 마음. 생각지 못한 곳에서 그런 따뜻함을 느끼면 더 감동이 되는 법이다. 이곳의 웰컴 푸드가 옥수수와 고구마라고 하니 언덕 위에 벤치를 설치한 그 마음과 같은 결이 느껴진달까.

몇 년 전 씨마크 로비에 처음 왔을 때 이곳이 내 작업실이면 얼마나 좋을까 하는 기분 좋은 상상을 해본 적이 있다. 도대체 이런 공간이 일터인 사람들은 어떤 느낌일까도 궁금했다. 씨마크의 오픈 준비부터 지금까지 함께해온, 이 공간을 누구보다 가장 많이 누려왔을 김정수 마케팅 팀장에게 물었다.

로비에서 바라보는 바다가 어느 시간대가 가장 좋은지를. 아니면 어느 계절, 어느 날씨가 가장 아름다운지를. 뻔한 질문 같지만 나는 반드시 알아내고야 말겠다는 집요함으로 질문을 던졌다.

어려운 질문이라는 대답 아닌 대답이 먼저 돌아왔다. 아무 때나 다 좋다는 싱거운 대답이 나왔으면 어지간히 실망할 뻔했다. 다행히 그는 이 질문 자체를 어려워할 만큼 이곳의 풍경을 예사롭지 않게 누려온 것 같아 안심이 되었다.

그리고 비가 오는 날의 풍경과 비 올 때 들려오는 소리들, 비 내린 다음 날 하늘의 구름, 해가 눈부시게 쨍한 날의 바다, 해 질 무렵의 하늘의 색감과 레이어에 대해서 내게 말해주었다. 그 모든 풍경을 특별하게 바라본 경험자만이 알 수 있는 자세한 언어로 말이다. 이런 풍경을 누리며 일할 수 있다는 것이 얼마나 축복 같은 삶인지도 덧붙이면서.

가장 호텔다운 소프트웨어를 지닌 이곳, 씨마크가 이런 특별한 감성을 가진 이들과 함께 만들어진 거구나 싶었다.

코로나19가 아직도 여전한 이 시국에 예전처럼 편하게 들르지는 못한다. 그래도 문득 바다가 보고 싶을 때 바닷가가 아니라 이곳 로비가 먼저 생각날 때가 있다. 강릉에 놀러 오는 친구와 이곳에서 만나 밤늦도록 이야기하며 보낸 시간들, 그리고 마음이 복잡할 때 하염없이 잔잔하기만 하던 이곳의 바다를 바라보며 온갖 잡념들을 침전시키던 그 시간들이 모두 모여, 이곳은 내게 유명한 럭셔리 호텔의 로비라기보다는 그저 내가 좋아하는 어떤 특별한 공간이 되었다.

　자주 보는 바다가 그저 덤덤하게만 느껴질 때, 아니면 오랜만에 보는 바다를 조금 특별하게 누리고 싶을 때 이곳에 온다면 조금 색다른 감동과 경험이 될 수 있을 것 같다. 무엇보다 이곳에서 만나는 풍경은 두 번 다시 같은 모습일 리 없는, 그날 그 순간만의 특별한 바다와 하늘이라는 것을 아는 사람들이 꼭 놀러 와주길 바란다.

낭만이 가득한 소중한 공간

4장
......

오직 강릉만의 풍경

경포호수

◇◇◇◇◇◇◇◇◇◇◇◇◇◇◇◇◇◇◇◇

강릉으로 이사 와서 첫 주말 나들이를 갔던 장소가 바로 경포호수였다. 생전 처음 와본 강릉, 모든 것이 낯설고 어색하던 그때 처음 가본 강릉의 명소였다.

햇빛이 보석처럼 빛을 쏟아내던 윤슬로 가득한 경포호수를 바라보며 연신 예쁘다는 말을 반복했다.

낯선 강릉이었지만, 이곳이 있어서 살 만하겠다고 생각했다.

처음 만나던 날의 경포호수가 주었던 말할 수 없는 평온함과 위로, 그리고 오후의 그 한가로운 정경은 지금까지도 여전히 내 삶의 소중한 풍경으로 남아 있다.

강릉에 산 지 십여 년이 지나는 동안 이곳은 참 많은 것이 변했고, 호수 주변도 스카이 라인이 바뀔 만큼 많은 게 달라졌지만, 경포호수는 언제나 그때처럼 아름답고 한결같다.

경포호수 주변을 따라 한 바퀴를 도는 데는 한 시간도 채 안 걸린다. 기분 좋게 운동하기 참 좋은 산책로다. 그렇게 주변을 걷는 것만으로도 운치 있고 좋지만, 좀 더 여유롭게 이곳을 즐기려면 호수 주변의 산책로를 벗어나 여기 저기 다른 곳으로 이어지는 길들을 따라가보는 것이 좋다. 멀리서만 보면 잘 알 수 없는 이곳의 매력을 속속들이 잘 알게 되니까.

가시연 습지 쪽으로 더 깊이 들어가나 보면 나룻배 타는 곳도 나온다. 밧줄을 직접 당기면서 배를 움직여 물길을 건너갈 수 있다. 이 고요한 곳에서 만난 이런 뜻밖의 체험 활동 덕분에 놀이동산에라도 온 것처럼 아이들은 신나 했다. 다른 사람들이 올 때까지 수차례 왕복하면서 나룻배를 즐기곤 했다. 가끔은 나도 아이들과 같이 나룻배를 타기도 하지만, 다리 위에서 구경하고 있을 때가 더 많다.

아이들이 나룻배 위에 있는 모습을 보노라면, 아주 오래전 영화 〈흐르는 강물처럼〉에서 브래드 피트가 플라이 낚시를 하는 장면이 오버랩될 때가 있다. 어린 시절 본 영화였지만, 그 장면 하나로 이 영화를 기억할 만큼 내겐 무척 인상적이었다.

지금 나의 아이들이 영화가 아닌, 이곳 경포호수에서 영화보다 더 아름다운 풍경을 누리며 살 수 있다는 것은 정말 감사한 일이다.
아이들이 커서 어른이 되었을 때 지금의 이 추억들이 얼마나 깊고, 풍성하게 남아 있을까 기대되기도 하고.

경포호수에 대해서는 이렇게 파편적인 경험 말고는 쓸 수가 없을 것 같다.

계절에 따라서도 다 다르고 그날의 날씨에 따라서도, 시간대에 따라서도 다른 풍경. 그리고 그때마다 다 다르게 느껴지는 감성을 무슨 수로 다 설명할 수 있을까.

지난겨울에는 오래도록 지속되는 한파로 인해 몇 십 년 만에 경포호수가 얼었었다. 어린 시절을 이곳에서 보낸 적이 없는 나로서는 경포호수에서 썰매를 타본 경험이 당연히 없는데, SNS는 경포호수 썰매 타기 챌린지라도 열린 것처럼 시끌벅적했다. 호수 위에서 찍은 사진들과 함께 옛 추억을 이야기하는 피드가 수시로 올라왔다. 나에겐 없는 추억이기에 그 감성을 정확히는 알 수 없었지만, 경포호수가 얼었다는 그 사실 하나로 다 커버린 어른들이 한순간에 어린 시절로 되돌아가는 그 광경이 신기하기도 하고, 참 따뜻해 보였다.

이곳에 다녀가는 이들에게 경포호수는 그동안 얼마나 많은 추억을 만들어 주었을까. 오랜 시간 이곳에 존재하고 있었던 것만큼이나 가늠할 수 없는 수많은 이야기가 이곳을 통해 생겨나고 기억되고 추억되어 왔을 것이다. 그리고 나도 이제 그 추억과 함께하고 있다.

강릉에 와서 경포호수를 한번 거닐어보지 않고 돌아간다면 참 안타까운 일이다. 강릉은 바다, 커피, 맛집이 전부가 아니기 때문이다. 바다도 아름답고, 명소도 많은 강릉이지만, 경포호수는 꼭 거닐어보기를 권한다.

만일 언젠가 내가 관광객이 되어 강릉에 온다면, 그런데 안타깝게도 단 한 곳밖에 갈 수 없는 상황이 된다면, 나는 고민 없이 경포호수를 택하겠다.

송정 솔숲

바다와 소나무가 함께 있는 풍경을 나는 참 좋아한다.

고독하게 놓인 벤치에 앉아 책을 읽어도 좋고, 이곳에 머물다 보면 꽉 막혀 풀리지 않던 그림도 왠지 잘 그려질 것 같다. 그래서 송정 솔숲은 창작자들에겐 더없이 사유하기 좋은 산책길이다.

걷고 있으면 고요하다.

흙냄새를 언제 맡아봤는지 기억이 안 날 정도로 흙을 밟으며 살기가 쉽지 않은데, 아스팔트나 시멘트 길이 아닌 땅을 밟는 기분은 발바닥에 느껴지는 질감만으로도 편안하다.

숨 쉬고 있는 땅 위로 수령 백 년에서 이백 년은 족히 됐을 소나무들이 긴 세월 바람을 맞은 방향대로 기울어져 서 있다.

살짝 기울어져 서 있는 모습에서 소나무들의 살아 있음이 더 잘 느껴진다.

소나무는 바닷가 해풍을 맞으며 자라기는 쉽지 않다고 한다.

그래서 이곳의 소나무들은 수령이 오래되었음에도 불구하고 나무 둘레가 그리 두껍지는 않다.

그래도 오랜 세월을 버텨온 그 아우라는 참 대단한 것이어서 이 솔숲은 멀리서 보아도 그 기운이 느껴지는 것만 같다.

숲길을 걷는 것이 이곳을 즐기는 더할 나위 없이 좋은 방법이긴 하지만, 그게 여의치 않다면 드라이브도 좋다.

소나무가 양옆으로 늘어선 좁은 도로를 지날 때면 앞에 가던 차들이 경치를 감상하느라 속도를 줄이곤 한다.

그러면 오히려 속도를 늦춰준 앞차들에게 고마운 마음이 먼저 든다. 천천히 운전하며 나도 이곳의 소나무들을 한번 둘러보는 여유를 갖게 되기 때문이다.

오백 년 전부터 이 자리엔 솔숲이 있었다.

송정 솔숲은 변함없지만, 사람들은 참 많이 변했다.

시간이 갈수록 돈이 되는 일이면 뭐든 하는 세상이 되어가는 듯하다.

근거 없는 뜬소문이길 바랐지만 소나무들이 있는 이 자리에 숙박시설이 들어온다고 한다. 송정 솔숲을 사랑하는 강릉 사람들에게는 그야말로 날벼락 같은 소식이었는데, 모든 것이 합법적인 절차라는 방패 뒤에서 진행되고 있다하니 더 속상하고 안타깝다.

송정 솔숲을 따라 길가에 걸려 있는 현수막들이 이런 속상한 이들의 마음을 전하고는 있지만, 저 나풀거리는 현수막에 얼마나 힘이 있을까 싶다.

이제 현수막에 둘러싸인 송정 솔숲을 걷는 기분이 예전처럼 평화롭지만은 않다.

걷다 보면 흔하게 발에 밟히는 솔방울 하나도 이젠 참 귀해 보인다.

기적처럼 이곳에 대한 모든 계획들이 철회되기를 바라본다.

그리고 내가 할머니가 되어서도 이곳을 산책하며 노년의 연륜과 감성으로 다시 이곳을 그릴 수 있기를 간절히 바라본다.

순긋해변

햇살 나른한 오후에 어느 바다로 갈지 여러 선택지가 있다는 것은 얼마나 사치스러운 삶인가.

일상은 늘 수많은 선택과 결정들로 켜켜이 채워져나가는 것이어서, 어느 바다를 갈 것인가조차 선택해야 하나 싶을 때도 있지만, 기분 좋은 설렘이 있는, 결이 다른 선택의 순간인 것만은 틀림없다.

어느 계절이나 밀려드는 관광객들로 외로울 틈이 없는 강문이나 안목보다는 좀 적적하다 싶은 순긋해변이 내겐 정답이 될 때가 많다.

경포에서 사천 쪽으로 가다 보면 나지막하고 소박한 민박집들이 드문드문 보이기 시작하는데, 그러면 바로 나오는 작고 한적한 해변이다.

정겹고 순수함이 느껴지는 순긋이라는 이름도 참 마음에 들거니와 인적이 드물다 보니 시야에 아무런 방해물 없이 바다만 바라보기에도 참 좋다.

코로나19로 그동안 잘 알려지지 않았던 괜찮은 국내 여행지들이 속속 재발견되기 시작하면서, 이곳도 들켜버린 여행지 중 하나다. 잘 갖춰진 편의시설, 얕아서 물놀이하기 좋은 바다, 적당한 모래밭, 그리고 바다가 바로 앞에 보이는 주차장.

차박하기 좋은 바다로 유명세를 타서 그런지, 평일 낮에 가면 전에는 아무도 없을 때가 많았는데, 요즘은 젊은 커플들이 항상 먼저 와서 인생샷을 건지기 위해 고군분투하는 모습을 자주 보게 된다.

한 커플이 가고 나면 또 다른 커플이 좀 전의 커플이 있던 곳 근처에서 어김없이 비슷한 포즈로 사진을 연신 찍다가 원하는 결과물이 나왔다 싶으면 금세 자리를 뜨곤 하는 모양새다.

바다를 즐기는 풍경이 다들 비슷해서 신기하기도 하다.

어쨌든 그렇게 커플들이 즐겨 찾는 그 바다를 나 역시도 즐겨 찾는다.

순긋해변의 최고 장점은 주차한 차 안에 그대로 앉아 있어도 시야에 아무런 방해물 없이 바다를 직관할 수 있다는 것이다. 그래서인지 추운 날이나 비오는 날, 차에서 내리기 싫을 때 가면 참 좋다.

비 오는 바다와 따뜻한 커피 한 잔, 아니면 맑고 쨍한 날의 바다와 아이스 아메리카노. 그것으로 충분하다.

더구나 바다를 멍하니 바라보는 일은 머릿속의 모든 잡념으로부터 벗어나는 아주 좋은 방법이다. 이곳에 머무는 동안만큼은 모든 것이 평화롭다. 이 같은 잠깐의 평화는 바쁜 일상 병에 걸린 내게 긴급 처방 약이 되곤 한다.

확실한 기분전환이 필요할 때 이곳만큼 충만한 시간을 누릴 수 있는 곳이
또 있을까.

사람들로 북적이는 관광지보다는 조용한 바다, 현지인의 일상처럼 바다를
누리고 싶은 이들에게 순긋해변을 권한다.

순포 습지

포토그래퍼 우아애 작가님의 사진으로 순포 습지를 처음 만났다.

사진으로 만난 가을날 해 질 녘의 순포 습지에서는 짙은 갈색의 가을 정취가 물씬 풍겼다. 그 풍경은 비현실적으로 느껴질 만큼 매력적이었다. 이런 멋진 색감을 가진, 분위기 있는 곳이 강릉에 있구나 싶어 당장 가봐야겠다고 생각만 하다, 정작 가게 된 건 가을이 지나가고 난 초겨울 무렵이었다.

겨울의 순포 습지도 가을만큼이나 깊은 정취가 느껴졌다.

잎사귀마저 다 떨궈낸 바짝 메마른 가지들과 마른 풀들이 만들어내는 쓸쓸하고도 감상적인 풍광이란 이루 말할 수 없이 평화롭고 고요했다.

'순포'라는 지명은 지금은 멸종위기종인 '순채'라고 불리는 나물이 이곳에 많이 서식하고 있어서 붙여진 이름이라고 한다. 과거엔 임금님의 수라상에도 올라갈 만큼 영양소가 풍부한 식물이라고. 순포 습지가 복원된 후 자생하고 있는 순채를 쉽게 관찰할 수 있다고 한다.

순채 말고도 다른 수생 식물들도 잘 관찰할 수 있도록 데크가 설치되어 있어서 탐방로를 따라 산책하기 참 좋다.

어느 날인가 저 멀리 존재감을 드러내며 내려앉던 왜가리를 만난 적이 있는데, 그 우아한 자태를 순포 습지를 배경으로 보노라니 정말 그림 같다는 표현이 저절로 나왔다.

겨울이라 이곳을 찾는 이도 많지 않아서 탐방로를 따라 걷는 내내 주변은 적막하다 싶을 만큼 고요했다. 늘 여러 소리에 둘러싸여 지낼 때가 많은데 사람이 만들어내는 소리는 하나도 없이 바람 소리, 나뭇잎 흔들리는 소리, 가끔 들리는 새소리가 반갑기만 했다. 혼자 사색하며 걷기에 이만한 곳이 있을까 싶다.

겨울의 순포 습지만의 고혹한 색감과 분위기가 있어서인지 이곳에서 셀프 웨딩 촬영을 하는 예비부부들도 꽤 여러 번 만났다. 이곳에서 웨딩 촬영을 할 정도면 이런 감성을 좋아하는 이들인 것 같아 우선 반갑기도 했고, 웨딩 사진이 너무 멋있게 나올 것 같아서 부럽기도 했다.

순포 습지에 대한 자료들을 찾다가 내가 간 겨울이 아닌, 봄이나 여름의 초록이 무성한 사진들을 보고 깜짝 놀란 적이 있다. 내가 가서 본 순포습지와는 너무나 다른 느낌이었기 때문이다.

초록이 완연한 순포 습지도 직접 보면 싱그럽고 참 좋을 것 같긴 한데, 겨울의 톤 다운된 색감으로 가득한 쓸쓸하고 아름다웠던 그곳을 기억하고 있는 나로서는 다른 계절의 모습이 낯설고 어색했다.

가을이 올 때까지 기다릴지, 다른 계절의 순포 습지를 만나러 지금이라도 당장 갈지는 아직 정하지 못했다. 사실 막상 가보면 다른 계절이 더 아름다울지도 모를 일이기는 하지만, 겨울의 기억이 너무 좋아서 망설여지기는 한다.

어쨌든 내가 가장 좋아하는 모습의 순포 습지를 보기 위해서는 기다림이 필요하다. 그래도 자연은 어김없이 제때 그 모습으로 나타날 것을 알기에 충분히 가능한 기다림이다. 사람은 변하고 세상도 변하지만 자연은 그렇게 늘 한결같다.

그래서 말 한마디 건네지 않는 이곳이지만, 그곳에 머무는 것만으로도 큰 위로가 되나 보다.

강릉의 유명한 관광지를 다 둘러본 여행자라면 이곳이 마지막 행선지가 되면 좋겠다. 인증샷 찍기 좋은 다른 모든 핫플들에서 누렸던 기쁨보다, 사진 한 장 남기지 않아도 마음속 오래도록 여운이 남아 있을 테니 말이다.

1장 맛과 철학을 겸비한 식당

두에시스
전화 0507-1332-3673
주소 강원도 강릉시 금성로14번길 7 성호빌딩 2층
영업시간 목~토요일
11:30~21:00(15:00~17:30 브레이크타임) 오픈
인스타그램 공지 확인 요망
인스타그램 @due.sis

미트컬쳐
전화 033-921-5439
주소 강원도 강릉시 경강로 2629 1층
영업시간 11:30~21:00(14:30~17:30 브레이크
타임) 수요일 휴무
인스타그램 @meat_culture

브루누벨153
전화 0507-1358-1533
주소 강원도 강릉시 새냉이길26번길 18 1층
영업시간 월~토요일 11:30~22:00(15:00~17:00
브레이크 타임)일요일 휴무
인스타그램 @brunouvelle

소도리
전화 0507-1345-9829
주소 강원도 강릉시 주문진읍 소돌길 40
영업시간 월~토요일 11:30~5:00(브레이크타임
없음) 일요일 휴무
인스타그램 @sodori40

채반
전화 033-642-3389
주소 강원도 강릉시 범일로 666
영업시간 월~토요일 11:00~15:30(마지막 주문
15시) 일요일 휴무

취꽃향기
전화 033-653-6879
주소 강원도 강릉시 성산면 양지말길 48
영업시간 월, 수~일요일 11:00~14:30 화요일 휴
무/저녁은 예약만 가능

2장 색다른 분위기의 카페

52블럭
전화 033-646-1944
주소 강원도 강릉시 정원로 52 유성빌딩 1층
영업시간 수~일요일 7:00~18:00 빵 소진 시 매장
마감(월요일,화요일 휴무)
인스타그램 @52block_bread_coffee

데자뷰 로스터리
전화 0507-1371-9939
주소 강원도 강릉시 죽헌길 84 1층
영업시간 월~토요일 10:00~21:00(일요일 휴무)
인스타그램 @dejavu_roastery

명주상회
전화 010-2423-5987
주소 강원도 강릉시 경강로 2035

영업시간 화~토요일 12:00~18:00(일요일,월요일 휴무)

인스타그램 @myungjusanghoe

살림

전화 0507-1322-5843

주소 강원도 강릉시 홍제로 61

영업시간 수~일요일 11:00~20:00(월요일,화요일 휴무)

인스타그램 @cafe_salrim

이진리

전화 0507-1359-1990

주소 강원도 강릉시 임영로 234

영업시간 월, 수~일요일 12:00~21:00(화요일 휴무)

인스타그램 @cafe_easily

즈므 로스터리

전화 0507-1310-8319

주소 강원도 강릉시 토성로123번길 7 1층

영업시간 화~일요일 12:00~20:00(월요일 휴무)

인스타그램 @jeumeu_roastery

3장 낭만이 가득한 소중한 공간

노암터널

주소 강원도 강릉시 노암동

무명

전화 010-2565-4438

주소 강원도 강릉시 새냉이길27번길 4

영업시간 수~일요일 13:00~19:00(월요일,화요일 휴무)

인스타그램 @mm_movie

파란 책방

주소 강원도 양양군 현남면 북분리 2-5

영업시간 코로나19로 잠정 휴무

씨마크 호텔 로비

전화 033-650-7000

주소 강원도 강릉시 해안로406번길 2

영업시간 연중무휴

홈페이지 https://www.seamarqhotel.com/

4장 오직 강릉만의 풍경

경포호수

주소 강원도 강릉시 저동

송정 솔숲

주소 강원도 강릉시 송정길30번안길 20-3

순긋해변

전화 033-640-4414

주소 강원도 강릉시 안현동

홈페이지 http://sungutbeach.co.kr/

순포 습지

주소 강원도 강릉시 사천면 산대월리 산202-1

강릉이 취향이라서요
© 이현정, 2021

1판 1쇄 발행 2021년 6월 18일

지은이 이현정
펴낸이 윤혜준 편집장 구본근 디자인 권성희 마케팅 권태환

펴낸곳 도서출판 폭스코너
출판등록 제2015-000059호(2015년 3월 11일)
주소 서울시 마포구 월드컵북로 400 문화콘텐츠센터 5층 9호(우 03925)
전화 02-3291-3397 팩스 02-3291-3338
이메일 foxcorner15@naver.com
페이스북 www.facebook.com/foxcorner15
인스타그램 www.instagram.com/foxcorner15

ISBN 979-11-87514-68-8 03810